자유주의 틀 깨기

옆집 할머니께 들려드리는 자유주의

세상 물정에 어두운 옆집 할머니도
알아들을 수 있도록
쉽게 풀어 쓴 자유주의 설명서

세상 물정에 어두운 옆집 할머니도
알아들을 수 있도록 쉽게 풀어 쓴 자유주의 설명서

자유주의 틀 깨기

윤서인·복거일 엮음

백년동안

서화 자유주의가 뭔 지 아세요?

윤서인 / 만화가

자유
주의는
뭔가 대단하고 어려운
사상이 아닙니다.
우리들이 하루하루 열심히 살아가는
생활 속에 그대로
녹아있는
내 인생 내가 책임지고 최선을
다하는 사람들의 이야기입니다.
여기 누구나 쉽게 읽을수 있는 자유주의에
관한 이야기들이 있습니다. 가볍게 읽고
자유주의의 친근함을 느껴보세요.
학생, 자유주의가
뭔지 알어??
FIN

서문

세상 물정에 어두운 옆집 할머니도 알아들을 수 있도록 쉽게 풀어 쓴 자유주의 설명서

자유주의는 사람의 천성을 따르자는 주장이다. 사람의 천성을 따르는 것이 그것을 거스르는 것보다 자연스러우니, 정의롭고 효율적이라는 얘기다.

모든 생명체들은 생존과 생식을 추구하고 사람의 천성도 그런 목적에 맞게 다듬어졌다. 사회를 이루어 살고 도덕적으로 행동하지만, 모두 자신의 이익을 먼저 생각한다. 자연히, 사회생활에서 드러나는 사람의 천성은 흔히 아름답거나 바람직하지 못하다. 그렇게 마음에 들지 않는 모습들을 강제로 바꾸려는 시도들은 많았지만, 성공한 적은 드물었다. 70여 년에 걸친 공산주의 실험이 엄청난 재앙으로 판명된 것은 잘 알려진 예다. 오랜 진화 과정을 통해서 다듬어진 것이므로, 천성은 거스르거나 바꾸기가 무척 어렵고 위험하다.

그래서 자유주의는 사람의 천성에 대해 불만을 품고 자신이 이상적이라고 여기는 질서를 강요하고 싶은 사람들에게 환영받지 못한다. 그러나 오랜 삶에서 많은 것들을 경험했고 그런 경험들에서 자연스럽게 지혜를 얻은 '옆집 할머니'에겐 자유주의는 당연한 얘기로 들릴 것이다. 빠르게 바뀌는 세상에서 유행의 물결을 타지는 못하지만 경험을 통해서 얻은 지혜로 세상을 바라보는 '옆집 할머니'는 가장 충실한 자유주의자들이라는 생각이 이 책의 제목에 담겼다.

원래 '옆집 할머니께 들려드리는 자유주의'라는 제목엔 '세상 물정에 어두운 옆집 할머니도 알아들을 수 있도록 쉽게 풀어 쓴 자유주의 설명서'라는 뜻이 담겼었다. 그런 기획 의도를 듣고 막상 글을 쓰려니, 자유주의를 가장 깊이 체득한 사람들은 바로 '옆집 할머니'라는 것을 깨닫게 되었다.

생각해보면, 자유주의를 가장 잘 드러내는 것은 할머니들이 즐겨 쓰는 속담들이다. '오이를 거꾸로 먹어도 제멋이다'라는 속담보다 자유주의의 정수를 잘 드러내는 말은 드물다. (요즈음은 오이를 따서 그 자리에서 통째로 먹는 일이 없고 오이의 밑동도 쓰지 않아서, 젊은이들은 이 속담을 모른다는 것을 근자에 알았다.) '콩 심은 데 콩 나고 팥 심은 데 팥 난다'는 속담은 천성은 못 속인다는 현대 진화생물학의 성과가 새삼 확인한 지혜다. '사촌이 땅을 사면, 배가 아프다'는 속담은 현대 사회에서 횡행하는 '부러움의 정치'를 경계해왔다. 로버트 프로스트가 「담장 고치기(Mending Wall)」에서 '좋은 울타리는 좋은 이웃을 만든다(Good fences make good neighbors)'고 했는데, 미국의 속담으로 보이는 이 구절은 재산권의 중요성을 선명하게 드러낸다.

역사적으로, 혁명에 가장 적대적인 계급은 농민들이었다. 작물들의 천성을 잘 알고 그 천성에 맞는 환경을 만들어 주어야, 농사를 지을 수 있다. 자신이 가진 땅이 비록 작을지라도, 농민은 그 땅에 애착을 보이고 그 재산이 지닌 뜻을 몸으로 안다. 그래서 농민 반란을 주도한 것은 농민들이 아니라 도시의 지식인들이었다. 직업적 혁명가들이 주도한 러시아 혁명에 도시의 노동자들은 적극적으로 가담했지만, 농민들은 시큰둥했고 끝내 공산당 정권에 의해 혹독한 박해를 받았다. 1970년대 말엽 중국이 시장경제로 전환하는 기폭제가 된 안휘성 샤오강 마을 농민들의 자발적인 비밀 토지 분배도 많은 것들을 시사한다.

이런 깨달음은 내가 쓰려는 글의 성격을 근본적으로 바꾸었다. 자유주의의 원리들을 세상 물정에 어두운 '옆집 할머니'도 알아들을 수 있을 만큼 쉬운 얘기로 풀어서 들려준다는 생각을 버리고, 책에서 배운 자유주의자의 추상적 자유주의가 지혜로운 '옆집 할머니'의 구체적 자유주의와 만나는 모습을 그리게 되었다.

다른 필자들도 비슷하게 생각한 듯하다. 일상적으로 겪는 일들에서 소재를 찾아 자유주의를 설명하면서, 자유주의의 원리는 모든 면들에서 작용한다는 사정이 스스로 모습을 드러내도록 애쓴 자취가 보인다.

모두 강조한다, 어려운 주제들을 쉽게 풀어서 널리 알리는 것이 중요하다고. 쉽게 쓰기만 하면 자유주의를 모르거나 오해하는 사람들을 단숨에 자유주의자들로 바꿀 수 있다고, 소수의 비애를 늘 맛보는 자유주의자들에게 더할 나위 없이 매혹적이지만, 그런 생각은 사람의 천성에 맞지 않는 환상일 가능성이 크다. 홀씨를 날리는 민들레들처럼, 운이 좋으면 뜻밖의 곳에서 싹을 틔우리라는 소박한 희망이 현실적이다.

여기 실린 글들에 '취할 만한 미덕(saving grace)'이 있다면, 그것은 '옆집 할머니'를 일방적으로 가르치려 드는 대신 경험과 지혜를 지닌 할머니와 얘기를 나누고자 하는 필자들의 태도일 것이다. 좋은 제목을 고른 덕분일지도 모른다.

집필자들을 대표해서

복거일 씀

차례

보살핌이 지나친 것도 해로운 일이거늘

이영훈 / 서울대 교수·경제학

대략 200년 전의 일이다. 어느 아버지가 있었는데, 아들이 10명이었다. 어느 날 아들집을 돌아보니 며느리의 살림살이가 헤펐다. 아버지는 아들을 모두 불러 모아 놓고 다음과 같이 명하였다. "너희들은 재물 관리에 소홀하고 며느리의 씀씀이가 크니 장차 굶주릴 것이다.

너희들은 해마다 추수가 끝나면 남는 곡식을 나의 광으로 운반하여 저장하여라. 명년 봄에 내가 돌려주리라." 며느리들이 이 말을 듣고 눈썹을 찌푸리고 이맛살을 찡그리며 별 간섭 다한다고 쫑알거렸다. 명년 봄이 되어 아들들이 곡식을 찾아가니 지난 가을에 맡긴 것보다 적었다. 아버지는 말하였다. “아들들아, 이해하여라. 동네 쥐가 몰려와서 쏠아 먹었다. 새들이 날라 와서 쪼아 먹었다. 집안의 머슴도 훔쳐 먹었다.” 며느리들이 쫑알거렸다. “곡식을 한 군데 많이 쌓으면 그럴 줄 몰랐는가.” 아버지가 대책을 강구하니 광을 크게 튼튼하게 지을 필요가 있었다. 이에 곡식을 들어내어 광을 지으니 아들들의 몫은 더욱 줄었다.

아버지가 가만히 생각하니 곡식을 저장만 할 것이 아니라 동네 사람에게 빌려주는 편이 더 나았다. 이자를 받아 곡식이 불어날 뿐 아니라 쥐가 쏠거나 새가 쪼거나 머슴이 훔쳐 먹는 걱정도 덜 수 있었다. 당시 이자율은 40~50%였다. “나는 30%만 받으리라. 인심도 얻고 재산도 불어나니 꿩 먹고 알 먹고 아닌가.” 아들들이 말렸다. “아버지, 위험합니다. 큰 흉년이 들면 모두 떼일 수 있습니다.” 아버지는 듣지 않았다. 처음 몇 년간은 잘 굴러갔다. 동네 인심도 얻고 곡식도 불었다. 그런데 어느 해 사방이 말라비틀어지는 큰 가뭄이 들었다. 동네 사람의 절반은 거지가 되어 다른 고을로 떠났다. 나머지 사람들은 갚을래야 갚을 길이 없었다. 아버지는 큰 손해를 봤다.

아버지는 다시 아들들을 불러 모았다. "피치 못할 사정으로 곡식이 축이 났으니 너희들은 분담하여 다시 채워 넣어라. 다시는 이런 일이 없을 것이다." 아들들이 사정하였다. "진실로 이렇게 하신다면 끝내 아버지 슬하에서 목숨을 보전할 수가 없겠습니다." 아버지가 발끈 화를 내었다. "아버지가 자식들이 잘 살게 하고자 하는 일인데 자식들이 원치 않다니 매우 못된 짓이로다." 아들들은 할 수 없이 아버지 집의 광에 곡식을 채워 넣었다. 아들들은 점점 가난해졌으며, 며느리들은 더욱 심하게 좋알거렸다.

어느 날 고을의 장사꾼이 찾아왔다. "어르신, 곡식을 저장하고 이자놀이 하는 것은 시대에 뒤떨어진 일입니다. 투자를 하십시오. 우리 고을에서 쌀 1섬은 5냥인데, 이웃 고을은 10냥이나 합니다. 쌀을 그곳으로 옮겨 팔고, 그 돈으로 우리 고을에서 쌀을 사면 2배나 많아집니다. 나에게는 약간의 구문만 주면 됩니다. 못 믿겠으면 우선 10섬만 주어 보세요." 아버지는 조심스럽게 10섬을 내주었다. 그랬더니 장사꾼이 20섬을 돌려주었다. 다음에는 20섬을 내주었더니 40섬이 돌아왔다. 자신이 붙은 아버지가 전 재산 500섬을 다 내어 주었다. 그런데 그해 다른 고을에 큰 풍년이 들어 쌀값이 폭락하였다. 장사

끈은 큰 손해를 보고 말았다. 아버지의 광은 다시 텅 비었다. 그 소식을 들은 어느 아들은 피를 토하고 죽었다. 어느 아들은 아버지와 의절하였다. 어느 아들은 식솔을 거느리고 다른 고을로 유리걸식하였다.

이상은 19세기의 대학자 정약용(丁若鏞)이 지은 『환자(還上)를 논함』• 이란 글을 내가 현대식으로 가필한 것이다. 원래 중국 명나라의 유명한 학자 조남성(趙南星)이 "사창(社倉)을 폐지하자"라는 글을 지었다. 정약용이 거기서 발상을 얻어 위와 같은 소설을 썼다. 환자는 조선왕조가 곡식을 저장하고 봄에 백성에게 나누어 준 다음 가을에 10%의 이자를 붙여 회수하는 제도를 말한다. 봄이 되면 대부분의 농가에서 양식이 떨어지고 종자가 모자란다. 조선왕조는 백성의 살림살이를 돕고 농사를 권장할 목적에서 환자를 만들었다. 얼마나 아름다고 훌륭한 제도인가. 그런데 정약용은 "법 가운데 환자법보다 더 나쁜 것은 없다. 환자법은 비록 아버지와 아들 사이일지라도 행할 수 없다"라고 비판하였다. 그러면서 위와 같은 소설

• 『환자(還上)를 논함』: '還上'라 쓰고 읽을 때는 '환자'라고 읽음. '上'은 이두로서 국음이 '자' 또는 '차'이기 때문임.

을 썼다.

18세기 말 정조(正祖) 임금의 시대에 전국의 환자곡은 총 1,000만 석에 달하였다. 이를 저장하기 위해 전국의 3,000여 면에 창고가 지어졌다. 창고라 해 봤자 요사이의 농협창고처럼 튼실한 건물이 아니다. 지붕은 거적을 덮은 정도에 불과하고, 벽이라 하나 짚과 흙을 쳐 바른 수준에 불과하였다. 새가 쪼아 먹고 쥐가 파먹으니 그 손실이 적지 않았다. 창고지기들이 몰래 훔쳐 먹으니 그 손실도 적지 않았다. 곡식은 2년 이상 저장하면 곰팡이가 생겨 못 쓴다. 이에 농량과 종자를 공급한다는 명분을 내세워 농가에 대출하였다. 이자율은 저렴한 10%였다. 가을이 되자 일부 고약한 농민이 쭉정이가 섞인 곡식으로 상환하였다. 봄에 그 쭉정이 곡식을 받은 농민은 화가 났다. 그래서 자기도 쭉정이 곡식으로 상환하였다. 일부 힘이 센 양반은 나를 어쩔 것인가 하면서 일부러 갚지 않았다. 창고의 곡식은 축이 날 수 밖에 없었다. 그러자 아전들이 원님을 꼬드겨 쌀장사를 하였다. 정약용의 『목민심서』를 보면 나주의 아전들이 곡식 몇 만 섬을 싣고 이웃 고을에 내다 파는 장면이 잘 묘사되어 있다. 그러다가 큰 손해라도 보면 원님은 창고를 채우기 위해 백성으로부터 강제로 곡식을 징수하였다. 그러니까 위의 소설은 정약용(丁若鏞)이 실제 관찰한 19세기 초 농촌의 실정을 그대로 옮겨 놓은 것이다. 그러면서 말하기를 곡식의 공동저장은 아버지와 아들 사이에도 불가능한데, 하물며 국가와 백성의 관계에서야 더 말할 나위가 있겠는가라고 하였다.

18세기 말의 조선왕조는 일종의 농업사회주의 국가였다. 조선왕조는 매해 봄에 약 200만 호에 달하는 농가에 4석씩의 곡식을 나누어주었다. 그럼에도 농가의 살림살이는 나아지지 않았다. 정약용이 예측한대로 백성들은 점점 가난해졌다. 국가가 남는 곡식을 거두어가니 백성은 열심히 일할 의욕을 잃었다. 실험적인 계산에 의하면 조선왕조의 곡식 저장제도는 풍년에 증산된 곡식의 무려 80%를 흡수하였다. 흉년이 들면 원님은 고을의 부자들을 닦달하여 곡식의 출연을 강요하였다. 그럼에도 저장곡은 차츰 줄어들어 1860년대가 되면 전국의 창고는 텅 비고 말았다. 드디어 사방에서 도둑떼가 끓고 민란이 터졌다.

큰 흉년이 들면 사람들은 속절없이 굶어 죽었다. 1811~1814년 전라도에서 큰 홍수와 가뭄이 연달아 발생하였다. 유리걸식하는 인구가 길을 이었다. 평소의 영양상태가 좋지 않은데다 3~4일 굶으면 사람들은 기진맥진한다. 자리에 앉아 자는 듯 혼수상태에 빠지면 그대로 숨이 가늘어져 결국 끊어진다. 그렇게 굶어 죽은 시체가 도처에 즐비하였다. 강진에서 귀양살이하던 정약용이 그 참상을 목도하였다. 그러고선 『경세유표』를 지어 주장하였다. 백성을 골고루 잘 살게 하는 일은 요순(堯舜) 임금이 다시 태어나도 어려워 할 일이다. 어떻게 할 것인가. 국가는 알맞은 세금을 공평하게 거두기만 하라. 그 돈으로 수로를 열고, 경지를 정리하고, 도로를 닦고, 상업과 무역을 일으켜라. 그러면 백성은 제 힘으로 저절로 잘 살게 된다. 이 천하의 떳떳한 이치를 어찌해서 임금과 양반 나리들은 모르는가. 그는 울부짖었다. 이 나라는 반드시 망할 것이다. 그의 예언대로 조선왕조는 정약용이 죽은 뒤 70년 만에 망하였다.

1876년 조선왕조가 개항을 한 그해에 다시 큰 흉년이 들었다. 어느 선비가 서울을 떠나 호남 방면으로 가다가 길섶에 죽어 넘어진 수많은 시체를 보았다. 파란 하늘 아래 죽음의 기색이 가득하였다. 1882년 다시 큰 흉년이 들었다. 서울 훈련도감의 군인들이 쭉정이 쌀을 받았다고 난을 일으켰다. 왕비가 천한 궁녀 차림으로 도망을 쳤다. 그런데 사람들이 굶어 죽지 않았다. 경상도 울산의 어느 선비가 일기에 적었다. "이상하도다. 이만한 흉년이면 사람들이 굶어 죽어야 하는데, 올해는 그렇지 않으니 그 영문을 모르겠다." 다름 아니라 무역이 사람을 살리고 있었다. 조선에서 쌀값이 오르니 일본에서 쌀이 수입되었다. 사람들은 뭐라도 팔아, 하다못해 자식이라도 팔아, 굶어 죽지 않았다. 이래 지금까지 흉년에 사람들이 집단으로 굶어 죽은 일은 없었다. 크게 열린 시장에서 사람이 굶어 죽는 법은 없다. 개항에 따른 무역의 개시는 오랜 세월 닫힌 가운데 곡식의 저장·배급제도 하에서 살았던 사람들에게 그러한 깨달음을 안겨주었다.

그런데 1990년대에 이르러 북한의 동포 300만이 굶어죽었다고 한다. 나라의 문호를 꽁꽁 걸어 잠그고 곡식의 저장·배급 제도를 부활시켜 모든 사람을 골고루 잘 살게 하겠다는 공산주의체제가 그 원흉이었다. 이미 오래 전부터 농사가 망가져 모두가 조금씩 굶주렸다. 어느 해에 대량의 식량을 중국에 팔아 핵무기를 만드는 데 필요한 부품을 샀다고 한다. 식량 배급이 중단되었다. 그래도 수령을 믿고 배급을 기다리던 사람들이 더 이상 움직일 수 없는 상태가 되었다. 드디어 기다리던 배급이 나왔는데, 겨우 한 사람 먹을 분량이었다. 아버지가 딸에게 주고는 힘없이 숨을 거두었다. 이 기사를 읽고 나는 울었다. 땅속의 정약용 선생도 통곡을 하였을 것이다. 이 어리석은 동포야, 어찌 모르는가, 곡식을 저장하여 배급하는 제도는 어리석다 못해 간악한 일임을. "하늘이 만물을 기름에 있어 어찌 하나하나를 보살폈던가. 다만 해롭게 하지 않았을 뿐이다. 죽이고 상하게 하는 것만 해롭게 하는 것이더냐. 보살핌이 지나친 것도 해로운 일이거늘"(趙南星, 廢社倉議).

어느 한 명장의 이야기

박동운 / 단국대 명예교수·경제학

나는 자유주의자다. 나는 자유주의의 실천적 측면인 자유시장경제가 우리를 잘살게 해준다고 믿는 자유시장주의자다. 자유시장경제는 왜 우리를 잘살게 해줄까? 자유시장경제가 '개인의 자유'를 허용하기 때문이다. '개인의 자유'란 '살고 싶은 삶을 사는 자유'라고 생각한다. 사회주의는 '개인의 자유를 허용하지 않아' 살고 싶은 삶을 살 수 없다. 현재 세계 50대 부자는 자유시장경제에서 태어났고, 그들의 3분의 2는 자수성가(自手成家)로 부자가 되었다. 나는 한 명장을 통해 자유주의를 이야기 하려 한다.

그는 시골 한 화전민으로 태어났다. 그는 가난하여 초등학교도 다녀보지 못했다. 겨우 한글만 깨쳤다. 열 댓 살 쯤 되었을 때 그의 어머니는 여동생을 낳은 후 산후풍에 걸렸다. 그는 어머니의 병 치료를 위해 서울로 돈 벌러 갔다가 보름 후 어머니가 위독하다는 전보를 받고 돌아오고 말았다. 무작정 어머니를 병원으로 모시고 갔는데 어느 할머니의 도움으로 가까스로 퇴원할 수 있었다.

그는 돈 벌러 다시 서울 공장으로 갔다. 사장이 대구의 한 공장으로 소개 편지를 써주었다. 대구에서 일하다 쓰러질 만큼 열심히 일했다. 그리고 오랜만에 고향에 갔다. 가자마자 아버지는 돈 벌러 사북탄광으로 떠났다. 그는 어머니를 모시고 대구로 왔다. 그 날 어떤 아주머니의 도움으로 어머니에게 처음으로 하얀 쌀밥을 지어 드렸다. 그는 "어떻게 해서든지 어머니가 쌀밥을 실컷 잡수시게 해드리겠다"는 것을 삶의 목표로 정했다. 어느 날 과장이 준 돈으로 쇠고기를 사 가지고 집에 왔는데 어머니는 이미 숨을 거둔 뒤였다. 그는 자살을 결심하고 쥐약을 샀다. 그러나 어린 여동생이 목을 껴안고 펑펑 울어버리는 바람에 "죽을 용기가 있으면 나가서 죽을 만큼 노력해 보자"고 생각을 바꿨다. 그는 문을 바른 신문지에서 대기업 채용 광고를 봤다.

입사자격은 고졸 이상 군필(軍畢)이었다. 이력서를 제출하려고 하는데 경비원이 막아 실랑이가 벌어졌다. 사장이 우연히 이 광경을 보고 면접을 볼 수 있게 되었다. 면접에서는 떨어졌지만 사환으로 입사했다. 매일 5시에 출근해 마당 쓸고, 풀 뽑고, 물 나르며 회사생활을 시작했다. 하루는 사장이 왜 일찍 나오느냐고 물었다. 그는 선배들이 쓸 기계를 워밍업하기 위해 일찍 나온다고 대답했다. 다음달 정식 기능공으로 승진했다. 2년이 지난 후에도 계속 5시에 출근하자 이를 안 사장이 그를 반장으로 승진시켰다.

선배가 하이타이로 기계를 닦으라고 시켜서 그렇게 했다. 기계 2,612개를 다 뜯고 닦았다. 선배 기술자들을 위해 한밤중에 수도 없이 기계를 분해해 청소했다. 선배 기술자들의 옷도 몰래 빨아놓았다. 평생 처음 보는 컴퓨터도 뜯고 물로 닦았다. 그는 국가기술기능사 자격시험에 열 번 만에 합격했다. 1급 국가기술자격시험에는 6번 낙방, 2종 보통운전시험에는 5번이나 낙방. 그래서 소대가리, 닭대가리, 새대가리 별명을 얻었다. 그는 하루에 세 시간밖에 자지 않았다.

그 무렵 아버지가 사북탄광에서 병이 들었다. 아버지 병원비를 마련하기 위해 새벽 네 시부터 아침 일곱 시까지 마산 어시장 공판장에서 고기상자 배달을 하고 여덟 시부터 회사에 출근해 밤 열 시까지 일했다. 아버지에게 국가기술 자격증을 보여드리고 싶어 "아버지, 제발 하루만 더 살아주십시오" 하고 빌었지만 허사였다. 며칠 후에 받은 자격증을 돌아가신 아버지 손에 쥐어드렸다. 자격증을 아버지와 함께 땅에 묻었다.

결혼 이튿날 아침. 그의 아내는 한복을 곱게 차려 입고 그에게 큰절을 했다. 그게 부담이 되어 아내에게 화를 냈다. 아내는 차분하게 설명했다. "왜 하늘 천(天)자 위에 점을 찍어 지아비 부(夫)자를 썼겠습니까. 친정 할머니께 여쭤보았더니 남편을 하늘보다 더 높게 섬기라고 하늘 천자 위에 점을 찍어 만들었다 하시더군요. … 서방님이 제게는 하늘보다 더 높으신 분이랍니다." 그 후 아내와 아침저녁으로 큰절로 맞절을 하며 살아오고 있고, 자녀들도 학교 갈 때와 집에 올 때면 반드시 부모와 함께 큰절로 맞절을 한다고 한다.

사장은 그에게 공부를 얼마나 했느냐고 물었다. '초등학교 과정 정도'라고 대답했다. 놀란 사장은 "큰 인물이 될 만한 노력파군" 말하고, 그를 장학생으로 선발해 기능대학에 위탁교

육생으로 보냈다. 그는 국가기술 1급 자격증을 땄기 때문에 대학입시 응시자격을 갖췄고, 입학시험에 당당히 합격했다. 4년 후 그는 '학업 성적이 우수하고 타의 모범이 되는 학생에게 주어지는 상'과 졸업생 중 나이가 가장 많은 학생에게 주어지는 '공로상'을 받았다. 졸업장과 상장을 손에 들고 목에는 찬란히 빛나는 메달을 건 채 그는 "어머니, 저는 해냈어요!" 하고 큰소리를 질렀다.

그는 많은 국제발명특허를 받았다. 심청가를 1000번 이상 듣고 완창을 하게 되었다. 학원이라고는 문턱도 안 가봤지만 5개 국어를 할 줄 안다. 그는 외국어를 이렇게 배웠다. 하루에 1문장씩 외웠다. 하루에 1문장씩 외우기 위해 천장, 벽, 식탁, 화장실문, 사무실 책상 가는 곳마다 붙여놓고, 보고 또 봤다. 이렇게 하여 하루에 1문장씩 1년, 2년 꾸준히 해나가니 나중에 회사에 외국인들이 올 때 설명도 할 수 있게 되었다.

그의 장인(匠人)정신을 높이 사 사람들은 그를 '명장'이라고 불렀다.

그는 우리를 향해 이렇게 당부한다.

"진급, 돈 버는 것은 자기 노력에 달려 있습니다. 세상을 불평하기보다는 감사하는 마음으로 사십시오. 그러면 부러운 것이 없습니다. 배 아파 하지 말고 노력하십시오. 의사, 박사, 변호사 다 노력했습니다. 남모르게 끊임없이 노력했습니다. 힘들고 어려운 길은 반드시 행복으로 가는 길입니다. 목숨 걸고 노력하면 안 되는 것이 없습니다."

명장이란 자유시장경제에서만 태어날 수 있다. '개인의 자유'가 허용되는 자유시장경제에서는 아무리 가난한 사람일지라도 노력만 하면 얼마든지 가난으로부터 벗어날 수 있다. 가난은 개인의 문제라는 것을 우리에게 보여준다.

명장은 자유시장경제 국가 아닌 사회주의 국가에서 태어날 수 없다. 국가는 그에게 배급을 주어 굶지 않게 하고, 대신 그가 가진 노동력을 땜 공사 같은 곳에 투입할지도 모른다. 그런 세상에서는 명장이 태어날 수 없다.

명장은 말한다. "세상을 불평하기보다는 감사하는 마음으로 사십시오. 그러면 부러운 것이 없습니다. 배 아파 하지 말고 노력하십시오."

굴비 할머니와 도토리 깍지의 대화

복거일 / 소설가

할머니가 평상에 혼자 앉아서 물끄러미 아래쪽 마을을 내려다본다. 이곳 달동네 할머니들이 모여서 담소하는 곳이다. 평상을 지붕처럼 감싼 커다란 산벚나무에서 진 꽃잎들이 눈처럼 평상 둘레를 덮었다.

교복을 입은 고등학생 하나가 산비탈로 난 길을 돌아서 다가온다. 저만큼 혼자 앉은 할머니를 보더니 반가워서 외친다.

"굴비 할머니!"

할머니가 흘끗 돌아본다. 반가운 웃음으로 할머니 얼굴의 주름이 더욱 깊어진다. "민형이구나. 우리 도토리 깍지 어서 와라."

"할머니 혼자 계세요? 다른 할머니들은요?" 다가온 민형이가 어깨에서 책가방을 벗으며 묻는다.

"다들 재개발조합으로 몰려갔다. 따질 일이 많다나 뭐라나."

"할머니는 왜 안 가셨어요?" 민형이가 할머니 얼굴을 살핀다.

늘 그대로인 것 같던 굴비 할머니의 얼굴이 이제는 많이 늙었다는 생각에 가슴에 시린 기운이 스친다. 굴비 할머니는 그가 태어났을 때부터 바로 옆집에 살았다. 민형이 친할머니는 시골에서 큰 아들과 함께 사셔서 서울 사는 작은 아들 집엔 가끔씩 들렀다. 대신 민형이는 울타리도 없는 옆집 굴비 할머니를 따랐다. 고향이 영광이라 굴비 얘기가 많이 나왔는데, 그가 어릴 적에 '영광'은 말하기가 어려워 '굴비 할머니'라고 부르기 시작한 것이 그대로 굳어져서 지금은 다른 사람들도 할머니를 '굴비 할멈'으로 부른다.

"가 봐야 맨날 같은 소리만 나오구. 그저 쌈박질만 허지 뭐 되는 게 있어야지. 여기서 벚꽃 구경이나 허는 게 낫지." 할머니가 둘레에 흐드러지게 핀 벚꽃들을 가리킨다. "벚꽃이 얼마나 좋으냐?"

민형이가 고개를 건성으로 끄덕이고서 할머니 차림을 살핀다. "할머니 옷이 멋지네요. 새로 사셨어요?"

"이거?" 할머니 얼굴이 환해진다. "우리 막내가 생일 선물루 준 건디, 곱지?"

"네. 시흥 사시는 고모요?"

"맞다." 웃는 얼굴로 고개를 끄덕이고서, 할머니는 옷을 내려다본다. "유명한 메카라는디, 중국에서 만들었다구 허더라. 요새는 죄다 중국에서 만들어. 중국에서 만들었다는 것은 쬐끄맣게 구석에 써서, 그냥 봐선 모른다구 허더라."

"정말 그래요. 요즘 중국이 물건 만드는 거는 세계에서 제일간대요. 오늘 경제 시간에 배웠는데요, 지금 우리나라 기업들이 중국 기업들에 밀리고 있대요. 이대로 가면, 큰일이라고 선생님도 한숨을 쉬셨어요."

"그렇다구 허더구나." 할머니가 고개를 끄덕인다. "경노당에서 사람들이 다 그러더라, 예전엔 중국제는 싸구려였는데, 요즈음엔 중국제가 싸면서두 물건두 좋은 게 많다구. 도대체 원제부터 그렇게 된 거냐? 걱정이다."

"아, 할머니, 오늘 바로 그걸 배웠어요. 언제부터 중국이 그렇게 잘 되기 시작했는가. 선생님이 꼭 알아두라고 몇 번이고 당부하셨어요."

"그랬니? 언제부터 중국이 잘 되기 시작했다구 허디?" 할머니가 옆자리를 손바닥으로 짚어 가리킨다. "여기 앉아라."

자리에 앉자, 민형이는 휴대 전화를 꺼내 살피고서 다시 주머니에 넣는다. "이젠 휴대폰도 중국제가 한국제를 밀어낸대요."

"그러냐?"

"예. 몇 해 전만 해도, 중국에서 삼성이 제일이었는데, 이제는 샤오미라는 회사 제품에 삼성 제품이 밀려난대요."

"도대체 원제부터 그렇게 됐다냐?"

민형이가 잠시 생각을 가다듬더니 얘기를 시작한다. "지금부터 꼭 사십 년 전이래요."

"사십년 전이라…" 할머니가 눈을 껌벅거리면서 민형이의 얼굴을 살핀다.

"예. 그때 중국에 샤오강이란 작은 마을이 있었대요. 스무 집 가량 되는 작은 마을이었대요."

"스무 집? 우리 동네보다두 작은 동네였구나." 할머니가 마을을 훑어본다. "우리 동네는 이제 백 집이 넘을걸."

"예. 샤오강은 '작은 언덕'이란 뜻이랍니다. 아, 샤오미가, 중국 휴대전화 회사 샤오미가, '작은 쌀'이란 뜻이랍니다. 좁쌀이라나요."

"좁쌀? 좁쌀은 조를 말허는디. 우리 고향에선 스슥이라구 했지. 너 오곡밥 먹을 때 조를 먹었잖니?"

"아, 예. 그렇네요. 한번은 그 마을 사람들이 모여서 한탄을 했대요, 우리가 예전엔 잘 살았는데, 이젠 식량을 걱정할 처지가 되었구나, 하고요. 원래 그 마을은 농사가 잘 되어서, 모두 잘 살았대요. 그러다 1950년대에 중국 공산당이 강제로 '인민공사'라는 것을 만들었대요. 개인들이 가진 농지들을 한데 모아 집단농장을 만들었대요."

"왜 그런 짓을 했다냐?"

"부자하고 가난한 사람들이 모두 평등하게 살자는 생각이었대요. 땅을 공동으로 소유하고 함께 농사를 지어서 똑같이 나눠가지면 좋다는 생각이었대요. 원래 그렇게 하는 것이 사회주의의 목표였답니다."

"그래? 그런디 그게 잘 되겄냐?" 할머니가 고개를 갸웃한다. "공동으루 뭘 허면, 맨날 의론하다 날이 샐 텐디. 그리구 공동으루 허면, 누가 열심히 일허겄냐?"

"어떻게 할머니가 그렇게 잘 아세요?" 민형이가 감탄하는 눈길로 할머니를 살핀다. "집단농장을 만들었더니, 사람들이 일을 열심히 하지 않았대요. 남의 눈치를 보면서, 적당히 하는 시늉만 하고. 그래서 농토는 그대로인데, 거기서 나오는 쌀은 점점 줄어들었대요."

"당연허지. 내 것 허구 남의 것 허구 어떻게 같을 수 있냐? 우리 동네서두, 이 쬐끄먼 달동네서두, 공동으루 허는 일은 뭐 하나 제대로 되는 거 못 봤다. 사람의 천성이 그렇다. 저기 봐라." 손을 들어 아래쪽을 가리키는 할머니의 목소리가 문득 높아졌다. "저 깃발 점 봐라."

두 사람은 잠시 마을을 내려다본다. 허름한 집들이 옹기종기 모인 달동네지만, 이렇게 위에서 내려다보면, 평화스러운 마을이다. 군데군데 붉은 깃발이 내걸렸다. 재개발조합의 집행부에 반대하는 사람들이 항의의 표시로 내건 깃발들이다. 간간 불어오는 봄바람에 펄럭이는 그 붉은 깃발들이 평화스러운 풍경에 긴장감을 준다.

"제 집 갖고도 한데 모아서 무슨 일을 허면, 저리 싸우잖니? 서루 조합장이 되려구 박치기를 허더니, 이젠 조합장이 뭘 해 먹었다느니 안 해 먹었다느니 날마다 다툰다. 그런 판인디, 네 것 내 것 다 없어지구 모두 함께 농사 지어서 똑같이 나누어 갖자구 허면, 일이 제대루 되겄니? 누가 그렇게 이치에 안 맞는 짓거리를 했다냐?"

"마오쩌뚱이요. 중국의 지도자였죠."

"마오쩌뚱?" 미간의 주름을 모으면서, 할머니가 곰곰 생각한다. "예전엔 모택동이란 자가 있었는데. 혹시 그 사람 아니냐?"

"맞아요. 할머니. 할머니 어떻게 모택동을 아세요?" 민형이가 탄성을 낸다. 속으로 할머니를 무식한 사람으로 여겼는데, 뜻밖에도 할머니가 아는 것이 많다. 그는 오늘 처음으로 마오쩌뚱에 대해서 배운 터이다.

"내가 아홉 살 나던 해에 육이오가 났다. 우리가 다 이겼는디, 느닷없이 중공군이 쳐들어왔지. 우리 큰 오빠가 강원도서 중공군허구 싸우다 전사허셨지." 잠시 마음을 가다듬은 다음, 물기 어린 목소리로 할머니가 말을 있는다, "떠나기 전에 우는 나를 업어주시면서, 얘, 순임아, 오빠 금세 돌아올 게 울지 말어라, 허구 떠나셨는디…"

"아, 그러셨군요." 민형이가 조심스럽게 대꾸한다.

각기 상념에 잠겨 잠시 두 사람은 마을을 내려다본다. 한 사람에게 6·25는 아직도 아픔을 주는 생생한 상처고, 다른 사람에겐 역사 시간에 시험 문제로 만나는 아득한 옛날 얘기다.

만득이네 장닭이 길게 운다. 이곳에 맨 먼저 들어온 만득이네는 아직도 닭을 몇 마리 친다. 만득이 할아버지는 여러 해 전에 돌아가셨고 만득이는 이제 마흔 넘은 어른이지만, 아직 모두 만득이네 만득이네 한다.

"저 녀석은 시도 때도 없이 울어." 상념에서 깨어난 할머니가 닭을 탓하고 나서 자세를 바로 한다. 그리고 한숨을 길게 내쉰다. "그때 어른들이 모택동이가 중공군을 내려 보냈느니, 장개석이가 우리를 도울 거라느니, 그런 얘기들을 허셨지. 나도 어른들 곁에서 몇 마디 주워 들었다."

"하아, 육이오 전쟁 때 얘기니, 정말 오래 전 얘기네요. 어쨌든, 그 모택동이 토지들을 한데 모아서 거대한 집단농장들을 만들었어요. 할머니 말씀대로 집단농장에선 사람들이 일을 열심히 하지 않으니, 생산은 점점 줄어들었죠. 그래서 굶어 죽은 사람들이 무려 4천만 명이나 되었답니다."

"4천만 명? 그때 우리가 3천만이라구 했는디. 천하에 어리석은 짓을 해서 그 많은 사람들을 다 죽였구나. 굶어 죽는 게 얼마나 힘든디." 할머니가 고개를 젓는다. "하루 두 끼 나물죽 먹구 살아봐야 배고픈 게 뭔지 안다."

"예. 그래서 그 샤오강 마을 사람들이 몰래 모여서 얘기를 했답니다. 이러다간 우리가 다 굶어 죽겠다. 그러니 우리 예전에 하던 대로 하자. 그렇게 합의를 하고선, 자기들이 농사 짓던 땅을 공평하게 나누었대요. 물론 비밀로 했죠. 탄로가 나면, 붙잡혀가는 거죠. 중국이란 나라 그때는 정말로 험악해서 인권이라는 것이 없었거든요. 붙잡혀가서 죽어도, 하소연할 데가 없었던 나라였거든요. 지금도 중국에선 인권이 제대로 지켜지지 않지만, 그때는 정말 법이 없는 사회였대요. 그래서 그 사람들이 서로 다짐을 했답니다, 만일 우리 가운데 누가 붙잡혀 가면, 그 사람의 자식들은 열여덟이 될 때까지 나머지 사람들이 먹여 살리고 학교에 보낸다. 그렇게 약속하고서 계약서에 손도장을 찍었대요."

"그랬구나. 그럴 만도 허지." 할머니가 열심히 고개를 끄덕였다. "한식에 죽으나 청명에 죽으나였구먼 그려."

"그 말이 무슨 뜻이에요, 할머니? 한식에 죽으나…"

"한식과 청명은 하루 새거든. 그래서 하루 더 살아도 그게 그거다 그런 얘기지."

"아, 예. 어른들 속담은 참 재미있어요. 어쨌든, 그렇게 자기 땅을 갖자, 이제까지 빈둥거리던 사람들이 열심히 일하기 시작했어요. 그래서 씨를 뿌린 농토가 당장 곱절로 늘었어요. 그래서 굶주릴 것을 걱정하던 샤오강 마을 사람들은 갑자기 여유가 생겼죠."

할머니가 열심히 고개를 끄덕인다. "잘 했구나."

"예. 그 사람들은 자기들이 공산당 정부 몰래 땅을 나누어서 농사를 지은 것을 비밀로 했죠. 하지만 비밀은 이내 새어나가서 둘레 사람들이 알게 되었죠."

"아무렴. 그런 일을 어떻게 감춰? 낮말은 새가 듣구 밤 말은 쥐가 듣는디." 할머니가 코웃음을 쳤다. "세상엔 비밀이 없다. '이거 비밀로 해줘'하는 사람이 실 없는 사람이다."

"예. 그래서 소문이 바로 퍼졌답니다, 샤오강에서 땅을 나누어 갖고 농사를 지으니 생산이 많이 늘었다고. 그 소문을 들은 사람들마다 집단농장 땅을 나누어 갖고서 농사 짓자고 나섰죠. 그래서 순식간에 곳곳에서 집단농장이 모두 개인 땅으로 분할되었어요."

"공산당에서 그냥 놔두었나? 그 그악스런 공산당이?"

"공산당이 그냥 놔 둘 리가 있겠어요? 공산당 간부들이 나와서 샤오강 사람들을 위협했어요, 당장 그만두라고. 그리고 종자나 비료나 농약 같은 것들을 샤오강 사람들에겐 주지 않았죠. 그래도 어떻게 막아요? 모두 잘 살겠다고 자기들끼리 몰래 약속하고서 시치미 떼는데. 아무리 힘이 세고 무자비한 공산당이라 해도, 중국 농민들을 다 잡아 가둘 수는 없잖아요?"

"아무렴." 할머니가 싱긋 웃었다. "민심이 천심인디."

"결국 공산당 정부도 두 손을 들었죠. 그렇게 해서 집단농장에 갇혔던 중국 농민들이 자기 땅을 갖고 자유롭게 농사를 지을 수 있게 되었어요. 그러니 점점 잘 살게 되었죠. 처음엔 농업만 그렇게 풀어놓았는데, 점차 다른 분야들도 풀었어요. 그래서 중국은 모두 자기가 하고 싶은 일을 정부의 간섭을 덜 받으면서 할 수 있게 되었죠."

"그랬구나. 그 시골 사람들이 대단허다. 마을 이름이 뭐라 했냐? 사요 뭐?"

"샤오강요. '작은 언덕'요."

"알았다. 사요강."

"사요강이 아니고 샤오강요."

"알았다, 사요강. 아무튼 대단허다."

"예. 그렇게 되니, 사람들이 온갖 꾀를 내어 돈 벌 궁리를 하고 덕분에 중국에선 점점 좋은 물건들이 나오게 되었죠. 모든 것들을 나라가 소유하고 모든 것들을 나라가 지시하는 사회주의에서 자기 것은 자기가 갖고 하고 싶은 일들을 하는 자본주의 사회로 바뀐 것이죠. 이제 중국도 우리나라처럼 자본주의 사회가 됐어요. 덕분에 중국이 발전해서 이제 '세계의 공장'이란 소리를 듣게 된 거죠."

"자본주의? 그거 나쁜 거 아니냐? 모두 지금 우리가 어려운 게 자본주의 때문이라던데." 할머니가 고개를 갸웃한다.

"저도 자본주의가 나쁜 거라고 배웠어요. 돈 많은 사람들만 잘살고, 돈 없으면 평생 어려운 게 자본주의라고. 그런데 경제 시간에 잘 배워보니, 그런 게 아니에요. 자기가 번 돈은 자기가 쓴다. 법을 어기지 않고 도덕에 어긋나는 짓이 아니면, 자유롭게 일해서 돈 벌어 자기가 쓴다. 남이 번 돈을 시기하지 않고 남에게 손을 내밀지 않는다. 권력을 가진 사람들 눈치 보지 않고 일마다 관리들 지시 받지 않고 자유롭게 활동하고 자유롭게 산다. 그게 자본주의라는 거예요."

할머니가 생각에 잠긴 얼굴로 고개를 끄덕인다. 잘 이해가 되지 않는 듯 한 낯빛이다.

"할머니, 이 세상 잘사는 나라는 다 자본주의고, 못사는 나라들은 다 자본주의 제대로 못 하는 나라들이래요. 할머니, 우리는 자본주의고 북한은 사회주의거든요. 우리가 북한보다 훨씬 잘 살잖아요. 그렇죠, 할머니?"

"그렇지. 북한 사람들 테레비에서 보니 사는 게 사는 게 아니더라. 너무 불쌍하더라."

"그렇죠? 북한 사람들은 자유가 없죠? 말끝마다 수령님 덕에 잘 산다고 하잖아요? 그 말을 꼭 해야, 붙잡혀가지 않잖아요?"

"맞아. 어찌 그리 말끝마다 그런 얘기를 허는지. 그게 다 공산당 눈치 보는 거지."

"할머니, 우리가 북한보다 잘살고 자유로운 이유가 바로 그것이랍니다. 우리는 자본주의를 하고 북한은 사회주의를 한다는 것이랍니다."

"그런데, 민형아, 왜 모두 자본주의가 나쁘다고 그러냐?" 할머니가 심각한 얼굴로 물었다.

"그건…" 민형이가 머리를 긁었다. "아까는 알았는데. 그건 저도 잘 설명을 하지 못하겠어요. 아까 수업 시간에 친구들이 바로 그걸 선생님께 물었거든요. 선생님은 잘 설명하셨는데, 전… 하여튼 우리나라가 자본주의를 한다는 것이 우리가 잘 사는 근본적인 이유래요. 그것만큼은 확실해요, 할머니."

"선생님껜 물어보는 것이 아니라 여쭈어보는 거다," 할머니가 미소를 지으면서 지적했다.

민형이가 뒷머리를 긁는다. "그렇게 말해야 한다고 배우긴 배웠는데, 잘 안 돼요."

"아무튼, 우리 도토리 깍지가 이렇게 커서 많이 배웠구나."

민형이가 어릴 적에 엄마가 머리에 사발을 씌우고서 머리를 깎아주었는데, 굴비 할머니가 그 모습이 꼭 도토리 깍지 같다고 해서 민형이 어릴 적 별명이 '도토리 깍지'였다.

"경제 과목이 처음엔 영 딱딱하고 재미 없었는데, 선생님이 재밌게 가르쳐 주세요. 세상 이치를 좀 아는 것 같아요."

"우리 민형이를 경노당에 초청해서 경제 강의를 들으면 좋겠다. 우리 할망구들끼리 내가 옳네 네가 그르네 다투는데, 가관이다. 우리 민형이가 와서 심판을 하면… 공부하느라 시간을 낼 수 없어서 아쉽다." 할머니가 혀를 찼다. "너 일등 해야 헌다."

"예. 그런데, 할머니, 제가 지난 주말에 근석이 형 대신 알바를 해서 돈을 점 벌었거든요."

"네가 알바를 했어?"

"예. 근석이 형이 주말에 소개팅 나간다고 저보고 편의점 몇 시간 봐달라고 했어요."

"그랬구나. 어디 헐 만허디?"

"예. 미성년자라 문제가 된다는데, 몰래 했죠. 할머니, 제가 아이스크림 하나 사드릴까요? '만득이 슈퍼' 가서요?" 민형이가 지갑이 든 주머니를 손으로 툭툭 쳤다.

"아이고, 우리 도토리 깍지가 효도허네. 근데 난 아이스크림 이가 시려 못 먹는다."

"아, 참 그렇죠. 그러면, 할머니," 민형이가 잠시 생각한다. "할머니, 초코파이 어떠세요? 초코파이 정?"

도란도란 얘기하면서 달동네 아래쪽 '만득이 슈퍼'를 향해 내려가는 할머니와 손자의 등 뒤로 달동네가 자라나는 것을 지켜본 산벚나무에서 꽃잎들이 아쉬운 몸짓으로 날린다.

더불어 같이 살자면서 바람 잘 날 없는 시골마을

오정근 / 건국대 특임교수, 한국경제연구원 초빙연구위원

지금은 젊은 사람들이 도시로 나가고 노인들만 사는 을씨년스러운 모습들이 많지만 우리나라 시골마을은 전형적인 씨족 공동체사회다. 마을마다 무슨 무슨 성씨들이 대부분을 차지하고 있는 집성촌이다. 50여호 정도 되는 시골마을인 경우 동성동본 가구가 대략 3분의 2 정도 차지하고 있는 경우가 대부분이다. 이런 마을에는 의례 동성동본의 종중에서 집안 대소사를 관장하고 있다. 작게는 십여 가호 정도의 소종중, 좀 더 크게는 2~30여 가호의 중종중, 더 크게는 대종중이 있다.

대소사의 경중에 따라 소종중별로 하기도 하고 중종중별로 하기도 하고 대종중별로 하기도 한다.

가을이면 처음 추수한 곡식으로 음식을 만들어 두루마기를 입은 종중 어르신들에서부터 어린 초등학생들 까지 모여 조상님 산소에 시제를 함께 올리고 음식을 함께 나누는 공동체의 모습은 아름답기 그지없는 한국의 전통적인 모습이다. 어린 시절에는 철없이 하루 종일 이산 저산 조상님들의 산소가 있는 종중산을 집안 어르신들을 따라다니며 마냥 즐겁기만 했던 기억이 새롭다. 가끔 집안 어르신들이 이 산소에 잠 드신 몇 대조 할아버님은 이러저러한 높은 벼슬을 하신 훌륭한 분이라는 설명을 들을 때는 왠지 모르게 어깨가 으쓱해지며 나중에 이 할아버님처럼 훌륭한 사람이 되어야지 하는 다짐을 하기도 했다. 그러나 점차 젊은 사람들이 도시로 나가면서 이런 모습들이 사라지고 있어 안타까움을 더하고 있다.

그러나 모든 행사에는 비용이 들게 마련이다. 자연히 비용부담을 두고 말이 많을 수밖에 없다. 종중에 논밭이나 재산이 있어 비용문제가 걱정이 없는 종중에서는 문제가 적다. 그러나 이 경우에도 종중재산 관리자가 종중재산을 남용하거나 심지어 횡령하는 경우가 발생하면서 종종 말썽이 나기도 한다. 더 큰 문제는 종중의 재산이 없어 필요할 때, 그때 그때 비용을 조달하는 경우다. 예를 들어 여름에 풀이 무성한 종중 어르신들의 산소에 벌초를 하거나, 가을에 음식을 차려 시제를 올리거나, 조상님 산소 앞에 제사음식을 차려놓는 상석이 오래돼 무너져 교체를 하거나, 해야 할 때 이 모든 일에는 비용이 필요하다.

문제는 그 비용을 누가 부담하느냐이다. 마치 국가라는 공동체를 운용하는 데 재정이 필요하고 그 재정을 누가 부담하느냐 하는 문제와 너무도 유사하다. 규모만 다르지 작은 정부의 운용 문제들이 그대로 녹아 있는 곳이 우리 시골마을의 공동체다. 종중모임 같은 공동체 모임에서는 누가 먼저 회의 분위기를 이끌어가느냐가 중요한 것도 마치 정치사회의 여론전과 같다.

첫 번째 종중 모임을 들여다보자. 대개 이런 공동체 모임의 비용조달 방법으로 집안 중에 논밭을 많이 가지고 있거나 도회지에 나가서 돈을 많이 번 상대적으로 부유한 몇 몇 집에서 비용을 조달해야 한다는 의견이 나오게 마련인데 이 모임이 그렇다. 대부분 비용부담을 하지 않으리라고 예상되는 집안의 대표자들이 논의를 주도하고 대부분 동조하니 상대적으로

부유하다고 생각되는 몇 몇 집 대표자들은 여러 집안 어르신들이 모인 회의에서 반대하기도 힘들다. 대부분 이런 방식으로 결정된다.

그리고 오래된 조상님들 산소의 상석을 교체하고 인건비를 지불하고 모처럼 집안 어른들과 친족들이 모였으니 식사를 같이 하게 된다. 막걸리가 거나하게 한 순배 씩 돌고 나면 무의식에 잠들어 있던, 하면 거북하거나 해서는 안 될 말들이 터져 나오기 마련이다. "아니 형님들, 오늘 고맙기는 한데 대체 이 상석이 이게 뭐요, 조상님들에게 해 드리는 것인데 좀 좋은 것을 해야지" "오늘 모처럼 집안 어르신들도 오시고 대소친척들이 모였는데 좀더 좋은 데서 더 맛있는 식사를 살 수 없어요?" "뭐가 그리 바빠요, 앞으로 자주 좀 고향을 찾아와서 어르신들에게 문안도 하고 그래요" 대부분 비용이라고는 한 푼도 부담하지 않은 집안 친척들이다. '사촌이 논을 사면 배가 아프다'는 속담이 있듯이 그동안 잠재해 있던 배 아팠던 얘기들이 터져 나오기 마련이다. 더불어 같이 살아야 하는 친척들인데 그동안 별로 도움을 받지 못했던 서운함 같은 감정도 토로될 수밖에 없다.

한편 그렇지 않아도 시골 사는 친척들보다는 상대적으로

잘 산다고는 하지만 시골을 떠나 도회지로 나와 빠듯하게 살아가고 있던 터에 집안 종중일이라고 적지 않은 부담을 한 사람들로서는 듣기가 거북할 수밖에 없다. 대개 남자의 종중이지 안사람에게는 또 한 다리 건넌 종중이다. 집 장만하랴 아이들 학원비 대랴 빠듯한 살림살이 중에 시골 종중일에 적지 않은 돈을 지출한다고 벌써 한바탕하고 나온 터다. 술도 한 순배 거나하게 돌았는지라 한 마디 하게 되면 그만 싸움이 나게 마련이다.

비용부담을 하지 않은 집안 친척들은 아무래도 오늘 들어간 비용의 소중함이 마음에 와 닿기가 힘들다. 한 종중 한 집안인데 더불어 살지는 못할망정 기껏 조상님들을 위한 일인데 그 정도의 비용가지고 생색이야 하는 생각이 들기 십상이다. 이래저래 정겨워야 할 한국의 시골은 언제나 모이기만 하면 싸움이 뒤따르고 그 여파로 서로 더 자주 만나지 않고 냉랭하게 지내기 일쑤다.

두 번째 종중모임을 들여다보자. 여기서는 분위기가 좀 다르다. 누가 먼저 논의를 주도했는지 아주 어려운 몇 집을 제외하고 모든 집안이 일단 얼마씩 분담을 하고 나머지 큰돈은 몇 몇 부유한 집안에서 부담해 주기로 의견이 모아졌다. 모두들 큰돈을 부담해 주기로 한 집안에 대해 감사하다고 하니 비용을 좀 더 내기로 한 집안대표도 흡족한 마음이다. 더 중요한 것은 아주 어려운 몇 집을 제외하고 모든 집안이 일단 얼마씩 분담을 하도록 했더니 대부분 참석자들이 너무 비싼 것 하지 말고 합리적인 수준에서 하자는 제안이 나오고 대부분 동의해 합의를 본 점이다. 비용이 절감된다는 얘기다. 이런 모임에서는 싸움이 날 리 없다. 화기애애한 종중모임이 된다.

지금 한국사회는 어느 쪽에 가까울까? 불행하게도 첫째 종중모임과 같은 모습이다. 소득세와 법인세는 하위 50% 정도는 한 푼도 내지 않고 그 위 2~30%는 소액을 내고 상위 10~20% 정도가 대부분을 부담하고 있다. 상위 10~20% 정도가 정부재정의 상당부분을 부담하고 있다는 얘기다. 반대로 복지혜택은 하위계층에 대부분 돌아간다. 소위 20대 80 논리다. 상위 20%가 벌어서 하위 80%를 먹여 살려야 한다는 논리다.

너무도 당연한 것처럼 당당하게 주장하다 보니 복지혜택만 받는 계층이 세금을 내는 계층보다 오히려 큰 소리를 내기도 한다. 더구나 다수주장이라는 여론을 등에 업고 세금을 내는 계층에 대해 감사한 마음은커녕 언제나 복지혜택이 적다고 불만을 터뜨리며 세율을 올려야 한다고 주장한다. 전형적으로 한국시골 첫 번째 공동체의 확대된 모습이다. 예를 들어 어렵사리 재원을 마련해서 과거에 없었던 노인기초연금을 20만원씩 주면 감사하다고 생각하기 보다는 '이것 가지고 무엇을 하라는 거야' 심지어 '우리를 뭘로 보고…' 하는 얘기도 서슴없이 나온다. 이런 일은 한국사회에 이미 널리 퍼져있는 병리현상이다. 무슨 사건만 터지면 상식수준을 뛰어 넘을 정도로 끝없이 요구하는 것이 이제 예사로운 일이 될 정도다.

정치권은 한 술 더 떠서 어려운 재정사정에도 불구하고 마련된 것이라는 점을 이해시키기는커녕 불만을 부추기고 아무 대책도 없이 마치 정의의 천사라도 된 듯이 더 많이 주겠다고 공약하거나, 더 주라고 정부에 요청하는 등 표심만 얻고 보자는 식으로 정략적으로 이용하려고만 한다. 정부재정의 상당부분을 담당하고 있는 상위 10~20% 계층에 대해 감사하기는커녕 세금을 덜 내려고 꼼수나 부리는 파렴치한으로 몰아붙이는 것도 예사니, 세금을 많이 내는 계층도 불만이 커지는 것은 뻔한 이치다. 이래저래 한국사회는 첫 번째 시골 종중모임처럼 자나 깨나 싸우는 소리와 그 싸움을 부추기는 인기 영합적 정략배들의 말도 안 되는 주장들로 가득하다.

갖은 부담에 휘둘리는 기업들 중 일부는 한국에 더 이상 공장을 짓지 않거나 한국에 있던 공장도 해외로 옮기는 경우가 다반사다. 한국 굴지의 한 대기업은 지난 20여 년간 한국에 공장하나 짓지 않고 있는 실정이다. 갈수록 일자리는 없어지고 그 결과 갈수록 해달라는 것은 많아지는데 낼 수 있는 계층은 갈수록 엷어져 마침내 재정위기가 오고 마는 것이다.

한국이 살 길은 두 번째 종중의 모습을 배우고 따라가는 길뿐이다. 아주 어려운 계층을 제외하고는 모두가 십시일반 조금씩 나눠 부담함으로써 국가재정 귀한 줄 알고 알뜰하게 쓰려고 노력하고 그런 가운데 특별히 부유한 일부 계층은 조금 더 부담해 세금 많이 내는 사람들이나 기업들이 존경 받는 사회가 되어야 재정위기가 안 오는 것이다. 이른바 '세원은 넓게 세율은 낮게' 한다는 재정의 기본원칙이 지켜지면 안정된 사회가 되는 것이다. 복지는 당연히 주어지는 공짜가 아니다. 누군가가 땀 흘려 일을 해서 번 돈으로 낸 세금으로 주는 것이다. 감사한 마음으로 알뜰하게 쓸 때 재정위기 없이 오래 오래 함께 잘 살 수 있는 것이다.

민주주의 과잉의 시대

황수연 / 경성대 교수·행정학

다음은 가명 강민주 할머니와 진자유 선생이 2015년 모월 모일 아파트 단지 내 정자에 앉아 나눈 가상적인 대화를 정리한 것이다.

할머니: 국회의원들은 하는 일 없이 세비만 축 내고 있어. 식물 국회가 되어 민생 법안을 처리하지 않으니 경제가 회생되지 않지.

선　생: 국회가 회기 중이면 우리 재산권을 조심해야 해요.

국회가 하는 일이 주로 재산권을 침해하는 일이거든요. 그리고 경제는 국회와 정부가 일으키는 것이 아니에요. 시장과 기업이 일으키는 거죠.

할머니: 국회가 국민을 위해 일하는 곳이 아닌가?

선 생: 맞습니다. 국민을 대변해서 국민을 위해서 일하는 곳이죠. 그런데 국민의 자유를 침해하는 일도 많이 해요. 평균적으로 보면, 후자가 더 많죠. 그렇기 때문에 정부 크기가 더 커졌고 세금도 규제도 더 늘어났죠. 그 결과 경제도 더 어려워지고 있고요.

할머니: 국회에서 민주주의를 통해 결정하면 세금을 높이건 규제를 하건 다수가 찬성했으니 옳은 것이 아닌가?

선 생: 독재가 아니라 민주주의를 하는 것은 참 좋은 일이죠. 우리가 북한과 달리 민주주의를 한다는 것은 참 행운이에요. 그런데 민주주의를 안 하면 독재가 된다, 이런 생각은 잘못이에요. 민주주의의 대안으로는 독재만 있는 것이 아니라 시장도 있어요. 그런 의미에서 시장은 진정한 의미의 제

3의 길이에요. 흔히 시장과 민주주의를 혼합하는 것을 제3의 길이라고 부르기 때문에 시장을 제3의 길에 비유하는 것이 꺼려지지만요. 어쨌든 민주주의란 다수결로 결정하는 방식인데, 과반수가 찬성했다고 정당화하고 신성시할 하등의 이유가 없어요. 많은 문제점들이 있거든요. 할머니는 국회에서 다수결로 결정했다고 할머니의 재산을 몰수할 수 있다고 생각하세요?

할머니: 당연히 아니지. 어떤 놈이 감히 내 재산을 빼앗아!

선　생: 그렇죠. 다수결로도 할 수 없는 거예요. 민주주의라고 무슨 일이든 할 수 있는 것은 아니지요. 물론 재산을 빼앗을 수 없도록 우리는 헌법으로 보장하고 있고요. 성문화된 헌법을 가지고 있지 않은 영국에서도 마찬가지에요. 영국 의회가 여왕제도를 폐지하고 여왕의 재산을 몰수할 수 있다고 생각하는 영국 국민들은 거의 없을 거예요.

할머니: 그럼 어떤 것을 민주주의로 처리해야 하우? 민주주의로 처리해야 할 것도 많이 있을 터인데.

선　생: 일단 개인과 시장이 할 수 있는 것은 최대한 개인과 시장에 맡기고요. 개인이나 개인들의 자발적 인 집단이 처리하기가 어려운 것은 민주주의로 처리해야겠지요. 그렇다고 이것도 무조건 민주주의가 정당화되는 것은 아니고 사람들 사이에 의견 차이가 별로 없어 합의를 쉽게 볼 수 있는 문제만으로 국한하는 것이 좋고요. 반대로 사람들 사이에 설왕설래 의견 차이가 많은 것은 시장과 개인에 맡기는 것이 좋습니다. 예를 들어, 재산권을 잘 보장하자는 것은 모든 사람들이 찬성할 거예요. 심지어 잠재적 도둑조차도 재산권 보장에 찬성하겠지요. 이런 것은 민주주의로 처리하는 것이 좋습니다. 반면 의견 대립이 심한 것은 민주주의로 처리하는 것이 좋지 않습니다.

할머니: 그러면 무상 급식 문제를 민주주의로 처리하면 안 되겠네?

선 생: 예, 그렇습니다. 만약 무상 급식 문제를 민주주의로 처리하면, 예를 들어, 완전 무상 급식, 완전 유상 급식, 소득 계층 하위 50퍼센트 무상 급식 중 하나로 결정될 터인데, 어느 대안으로 결정되건 나

머지 대안을 지지하는 집단은 불만을 가지겠지요.

할머니: 그런데 도둑 막고, 잡자는 것에 대부분 의견 일치를 볼 것이니 굳이 다수결로 할 게 뭐 있어? 생각이 같다면 한 사람이 결정하면 되는 거지. 그리고 무상 급식 문제에 서로 의견이 다르니 어떤 식으로 결정하든 결정된 것에 많은 사람들이 불만을 가질 것이라는 것은 알겠는데, 그렇다고 가만히 놔두면 결정이 안 된 상태가 지속되는 것이 아닌가? 시간도 돈이니 빨리 결정해야 하고 그러기 위해서는 시원하게 다수결로 처리해야 되지 않소?

선 생: 의견이 같은 문제에는 굳이 다수결이 아니라 한 사람이 결정해도 되지 않느냐는 말씀 옳습니다. 제가 말씀드리는 것은 그런 경우 '다수결' 민주주의를 해도 된다는 것일 뿐입니다. 의견이 대립되는 것은 설왕설래하면서 시간 보내는 것이 아까우니 빨리 다수결로 처리하는 것이 낫지 않으냐는 말씀에 대해서는, 아예 처음부터 다수결 민주주의의 대상이 되지 않는다는 점입니다. 그런 것

을 민주주의로 처리하면 분쟁과 갈등을 조장하거든요.

할머니: 진 선생의 이야기를 들으니 맞는 것 같은데, 많은 사람들이 이야기하는 것과 달라서 혼동이 일어나. 민주주의는 갈등을 조정하는 것이고, 특히 시장에서 나타나는 갈등을 민주주의가 조정해 준다고 하거든.

선 생: 오히려 민주주의는 사람들 사이의 차이를 부각시키고, 분쟁과 갈등을 조장하는 반면, 시장은 당사자들이 서로 합의하는 것만 다루지요. 민주주의가 분쟁과 갈등을 조장하는 것은, 비단 무상 급식의 예뿐만 아니라 경제 민주화 입법, 사회적 경제 기본법 등 무수히 많지요. 반면 시장에서는 사람들 사이의 차이는 문제 삼지 않지요. 자동차 운전자가 주유소에서 휘발유를 넣는데, 경제 민주화나 무상 급식에 관해 시각 차이가 있다고 거래하지 않는 것은 아니지요. 지역과 인종이 다르다고 거래하지 않는 것도 아니고요. 오히려 시장에서는 차이가 더 많을수록 거래로부터 이득을 더 많

이 얻을 수 있습니다. 국내의 거래자들 차이보다 국가 간 거래자들의 차이가 더 크니, FTA하면 큰 도움이 되지요. 우리는 칠레 포도주를 싼 값에 맛볼 수 있게 되고 칠레 사람들은 우리가 만든 스마트폰을 이용할 수 있어서, 양 국민 다 큰 이득을 보지요.

할머니: 진 선생의 이야기는 합의를 볼 수 있는 것만 골라 민주주의를 사용하고 견해 차이가 많이 나는 것은 시장이나 개인에 맡기자, 이런 이야기인데, 문제는 100퍼센트 합의가 있는 것과 아주 서로 견해가 다른 것으로 딱 부러지게 나누어지는 것이 아니잖은가? 사람들마다 합의의 정도에 관한 견해에 차이가 있을 수도 있고.

선 생: 아주 좋은 질문을 해 주셨습니다. 쉽지 않은 문제입니다. 그러니까 일단 개인과 시장에 우선적으로 의존해야 되고요. 그리고 과반수 민주주의와 정부를 사용할 때도, 첫째는, 혜택을 얻는 집단이나 지역이 비용도 같이 부담하는 것이 좋겠지요. 그러면 불만을 가지는 집단이나 지역이 없어지

고, 사회적으로 순이익이 있는 사업들만 수행되어 경제가 더 나아질 겁니다. 지금은 대부분의 사업들이 특정 집단이나 지역에 혜택을 주면서 비용은 전 국민에게 일반 과세하여 부담시키고 있습니다. 그렇게 되면 많은 집단들이나 지역들은 우리가 혜택을 누리지 못하는데 왜 세금을 내야 하나, 라고 불만을 가지지요. 둘째로, 가능하면 더 낮은 지방 정부 단위에서 권한과 책임을 가지고 업무를 처리해야 합니다. 여기에는 인사, 예산 등의 모든 권한과 책임이 포함됩니다. 꼭 무상 급식을 민주주의로 처리하고 싶다면 아주 낮게 학교 단위에서 처리하게 하는 것이 좋습니다. 그리고 마지막으로 그저 과반수결을 사용할 것이 아니라 가중 다수결을 사용하는 것이 좋습니다.

할머니: 가중 다수결이 무어요?

선 생: 그저 과반수로 결정하는 것이 아니라 예를 들면 3분의 2 이상의 찬성을 얻어야 통과되도록 하는 것입니다. 과반수로 결정하거나 가중 다수결로 결정하거나 민주주의로 결정하면 소수파들이 피

해를 입습니다. 그런 피해가 없도록 하기 위해서는 모두의 찬성을 얻어 통과시키는 것이 좋겠지요. 그런데 만장일치 찬성을 얻어야 어떤 사업을 수행할 수 있다면, 꼭 필요한 사업이 통과가 되지 않는다든지 시간이 너무 많이 걸릴 수 있습니다. 그래서 만장일치에서 벗어나게 하는 것이 필요하기도 한데, 조금 벗어난 것이 가중 다수결, 한참 벗어난 것이 과반수결, 거기서 더 벗어난 것이 3분의 1의 결과 같은 소수결이고, 극단에는 한 사람이 결정하는 규칙도 있습니다. 이와 같이 소수파가 입는 피해와 결정에 걸리는 시간의 가치 양쪽 다를 감안하여 적절한 규칙을 택해야 하는데, 적절한 규칙은 물론 문제에 따라 다릅니다. 예를 들어 FTA 체결 같은 것은 3분의 1 의결로 한다든지…

할머니: 좀 이상하네. FTA 체결을 3분의 1 의결로 할 수 있다면, 그것을 폐지하는 것에도 3분의 1 의결 찬성밖에 요구되지 않아서, 체결되었다 폐지되었다 왔다 갔다 하지 않나?

선 생: 어떤 것을 결정하는 데 3분의 1이 요구된다는 것은 그것을 폐지하는 데는 3분의 2가 요구된다는 의미입니다. 따라서 체결되었다 폐지되었다 하는 문제는 일어나지 않지요. 이야기를 계속하면, 소수결이 바람직한 경우도 있습니다. 그리고 어떤 문제에는 어떤 규칙을 사용하는지를 헌법에 담아 놓게 되는데, 소수파가 입는 피해의 비용과 결정에 걸리는 시간의 비용을 종합적으로 고려하여 규칙을 잘 규정해 놓았다면 그런 규칙들을 담은 헌법은 좋은 헌법이지요. 그런데 많은 문제들에 대해 가중 다수결을 사용하는 것이 바람직한데, 왜냐하면 소수파가 입는 피해에 비해 결정에 걸리는 시간의 비용은 상대적으로 별로 크지 않기 때문입니다. 가중 다수결을 사용하면 결정에 걸리는 다소의 시간 비용을 고려하여 만장일치에서 약간 벗어나지만 사람들 대부분이 합의하는 대안들을 골라 민주주의로 처리할 수 있게 될 것입니다. 그저 단순 과반수를 가지고는 진정한 합의가 있는지 판단하는 데 부족함이 많을 거예요. 진정

한 합의가 있는 문제라면 가중 다수결을 너끈히 통과할 수 있을 것이고요. 대부분의 문제들의 경우 가중 다수결이 바람직하다는 것이지요.

할머니: 어렵군요. 그렇지만 많이 배웠어요. 고마워요.

선　생: 들어주셔서 감사합니다.

나는 어떻게
노비로 태어나지 않았을까

신중섭 / 강원대 교수·윤리교육

오늘날 우리는 왜 내가 귀족이나 노비로 살지 않고, 질병과 가난과 짧은 목숨으로 고통을 받지 않고 사는지 깊이 생각하지 않는다. 우리가 200년 전에 이 땅에 태어났다면, 생각하기 싫지만 우리는 노비로 태어났을 수도 있고, 어렸을 때 죽었을 수도 있다. 다행히 어렸을 때 죽지 않았더라도 하루 세끼를 제대로 먹지 못하고 항상 배고픔에 시달렸을 수도 있다. 특별히 잘못한 것이 없으면서도 역적의 가족으로 몰려 죽었을 수도 있고, 자연 재해가 닥치면 꼼짝 못하고 흉년의 고통을 참았을 것이다. 나는 북한산에 오를 때마다 이런 생각을 한다.

전해 오는 이야기에 의하면 홍경래는 북한산에 올라 임금이 사는 대궐을 향해 오줌을 갈기고 고향으로 돌아가 난을 일으켰다고 한다. 조선시대인 1800년대는 먹고 살기가 힘들었다. 곡물이 부족하여 사람들은 항상 굶주림에 시달렸다. 그러던 차에 영조 39년(1763)에 일본에 통신사로 갔던 관리가 고구마 종자를 가지고 들어와 널리 보급하여 농민의 식생활이 좀 나아졌다. 그리고 헌종 때는 청나라로부터 감자가 들어와 농민들의 먹고 사는 형편이 한결 나아지기는 하였다.

그러나 농민들은 여전히 가난에 쪼들렸다. 흉년이 들면 상황은 더욱 악화되었다. 전국 방방곡곡에 굶주린 사람들이 늘어나고 굶어죽는 사람들이 많아졌다. 이렇게 되자 농민들은 고향을 버리고 먹을 것을 찾아 이곳저곳으로 떠도는 유랑민이 되었다. 어떤 사람들은 산 속으로 들어가 화전민이 되었다. 화전민이 되면 관리들의 손길이 미치지 않아 그들의 압박에서 벗어날 수 있었다. 이도 저도 못하는 농민들은 간도로 연해주 등으로 이민을 가기도 하였다.

굶어죽을 상황에 몰린 농민들의 불만과 불평은 날로 더해갔다. 각지에 조정을 비난하는 벽보 · 괘서 · 방서 등의 사건이 터졌다. 오늘날로 치면 정부를 비방하는 대자보가 이 골목 저 골목에 붙은 것이다. 1804년에는 서울의 도성에도 대자보가 나붙었다. 조정을 비난하는 노래가 창궐하기도 하였다. 농민의 불만은 여기에서 그치지 않고 도적 무리에 가담하여 사방을 소란하게 하였다. 전국 각지에 도적떼가 들끓었다.

농민이 중심이 된 민란(民亂)이 자주 일어났다. 그러나 대부분 초기 진압을 당했다. 그러한 난 가운데 하나가 후세에 널리 알려진 홍경래 난이다. 순조 11년(1811)에 홍경래는 과거 시험에 실패하고 출세하지 못한 것에 불만을 품고 난을 일으켰다. 때마침 굶주린 사람과 유민이 넘쳐서 민심이 흉흉하여 가담자가 늘어났다. 한때 평안도가 그의 통제 아래 들어가기도 하였으나 결국 관군에 의해 평정되었다. 그러나 이로 말미암아 민심은 더욱 동요되어 소규모의 민란이 계속해서 일어났다. 그러다가 철종 13년(1862)에는 진주민란이 일어났다. 제주도에서도 어민들의 반란이 발생하였다 조선 땅이 반란의 천지로 변한 것이다. 그러나 조직화된 관군을 당할 수 없어 모두 진압되었다.

이보다 앞서 광해군 때에는 허균의 소설 『홍길동전』이 나왔다. 허균이 지은 『홍길동전』은 최초의 한글 소설로 본부인에게서 출생하지 못한 자식들이 차별을 받는 서얼차별과 빈부차이 같은 사회적 모순을 통렬히 비판하는 내용이었다. 홍길동은 단지 본부인이 아니라 종의 아들로 태어났다고 하여 아버지를 아버지로 부르지 못하고, 과거에 응시할 수도 없었다. 세상은 양반들에게 일부다처제를 허용하면서도 본부인이 아닌 여자에게서 태어난 자식을 차별대우했던 것이다. 양반이라 하여 종을 함부로 범할 수 있었던 시대에나 가능한 이야기다.

시대의 불의를 참을 수 없었던 길동은 산으로 들어가 도적들을 모아 활빈당을 꾸미고 의적이 되어 가난한 사람들을 돕는다. 산 속에는 세상 살기가 어려워 여기 저기 떠돌다 모여든 사람들이 많았다. 그들은 오늘날 TV 프로그램에 나오는 '자연인'과는 차원이 다른 사람들로 항상 세상에 저항할 마음의 태세를 갖추고 있었다.

오늘날 많은 사람들의 사랑을 받고 있는 『춘향전』의 내용도 신분사회가 아니면 가능한 일이 아니다. 방자와 월매는 모두 신분이 낮은 사람들이고, 관기가 존재했던 시대에나 가능했던 이야기다. 정부가 대놓고 기생을 유지했다는 것은 믿기 어려운 일이다. 기생이 한두 명이 아니었던 모양이다. 악독한 변사또가 마음에 드는 기생을 고르기 위해 50명이나 되는 기생들을 점검했다고 하니 요즘 같으면 상상할 수도 없는 일이다.

물론 홍경래난은 역사적 사실이고 『홍길동전』과 『춘향전』은 소설이지만, 소설이라고 해서 그 당시 상황을 반영하지 않은 것은 아니다. 이 두 소설은 당시 존재했던 시대적 배경을 사실적으로 반영했다. 가난, 민란, 서얼차별, 신분사회, 관의 횡포는 그 당시 일반적인 현상이었다. 오늘날 우리 사회에서는 상상하기 어려운 일이지만, 불과 몇 백 년 전에 이 땅에서 있었던 일이다.

아니 몇 백 년 전까지 거슬러 올라갈 필요도 없다. 오늘날 북한에는 우리와 전혀 다른 세상이 펼쳐지고 있다. 먹을 것이 없어 굶어죽는 사람들이 하나둘이 아니고, 고향을 떠난 어린 꽃제비들이 여기저기를 떠돈다. 아직도 왕 같은 존재가 있고 신분은 세습된다. 권력을 누리는 사람들은 '기쁨조'를 즐기고, 보통 사람들은 사는 곳을 옮겨갈 자유도 없다. 합법적인 절차를 거치지도 않고 공개처형이 이루어진다. 도대체 조선시대보다 못한 북한의 현실은 무엇 때문일까.

한 탈북 작가는 "내가 북한의 총리나 장관보다 훨씬 더 낫지 않을까. 그들도 없는 자가용을 타고 다니며 외국은 물론 국내 어디든 아무 때나 다닐 수 있는 풍족한 자유로움, 일을 잘

못한다고 대통령과 정부를 비판해도 누가 뭐라 하지 않는 민주주의 국가에 사는 내가 20년 전 이곳 남한으로 오길 백번 잘했다."라고 말한다. 왜 남한은 북한과 이렇게 다를까?

그 대답은 간단하다. 우리는 조선시대나 북한과는 다른 나라에 살기 때문이다. 왜 다른 나라에 살게 되었을까? 1948년에 인간의 존엄성과 자유, 사유재산권을 보장하는 자유주의 헌법이 선포되었기 때문이다. 자유주의 헌법이 없었다면 우리는 아직 조선시대의 백성이나 북한의 주민과 같은 삶을 살고 있을 것이다.

1948년에 선포된 우리 헌법은 자유주의에 기초한 헌법이다. 이 헌법 덕분에 우리는 더 이상 귀족과 평민, 노비가 존재하는 신분 사회에 살지 않게 되었다. 세습 왕은 사라지고 우리 손으로 대통령과 국회의원을 뽑게 되었다. 권력자들은 우리 위에 군림하는 높은 사람들이 아니라 우리를 섬기는 사람이 되었다. 국가 권력은 이런 개인의 권리를 보장하기 위해서 존재하는 것이지 권력자들을 위해 존재하는 것이 아니다.

법은 개인의 평등한 자유와 권리와 존엄성을 보장한다. 모든 사람은 법 앞에서 평등하다. 우리는 생각과 표현의 자유,

거주 이전의 자유, 종교의 자유를 누린다. 대통령이나 국회의원 후보가 될 수도 있으며, 고위 공직자가 될 수도 있다. 공직으로 나아갈 수 있는 길은 모든 사람에게 열려 있다. 우리는 자신이 원하는 직업을 선택할 수 있는 자유도 지니게 되었다. 우리는 이제 누구의 간섭도 받지 않고 자신이 원하는 삶을 살 수 있게 되었다. 우리는 우리 삶의 주인이 되었다.

우리가 굶어죽지 않고 더 잘 먹고 더 건강하게 오래 사는 것은 자유로운 시장 덕분이다. '자유 시장'은 노력하는 모든 사람에게 정직하게 보상한다. 노력과 행운이 따르면 누구나 큰 부자가 될 수도 있다. 먹고 살기 위해 누구 앞에 굽실거릴 필요도 없게 되었다. 시장은 모든 사람에게 경제적으로 상승할 수 있는 기회를 준다. 오늘 우리가 이만큼 잘 살게 된 것은 자유로운 교환과 자유 무역을 허용하는 자유 시장 덕분이다.

자유 시장 경제와 함께 과학기술이 발전함으로써 우리는 이전에는 생각하지도 못했던 편리한 생활을 할 수 있게 되었다. 과학 기술의 발전과 산업사회의 도래는 세탁기와 진공청소기와 같은 가전제품을 발명하여 여성들을 가사 노동으로부터 해방시켰을 뿐만 아니라 일자리를 마련해 줌으로써 경제적 독립을 가능하게 하였다. 여성들은 더 이상 남성에게 예속

되지 않고 자유를 누릴 수 있게 되었다. 남녀노소를 불문하고 노동력이 있는 사람은 스스로의 노력으로 먹고 살 수 있는 능력을 가지게 됨으로써 생존을 위해 누구에게 예속될 필요가 없게 되었다.

자유 시장 경제는 개인에게 경제력을 부여함으로써 자유로운 존재로 거듭날 수 있게 하였다. 뿐만 아니라 사회적 부가 확충되어 공공 보건 시설을 갖추게 함으로써 시민들의 위생은 눈부시게 발전하였다. 또 질병을 예방하고 치료할 수 있는 기술과 약품이 개발되어 사람들의 건강 수준은 놀랄 만큼 좋아졌다. 일생의 상당 기간 동안 질병의 고통 없이 살 수 있게 된 것이다. 오늘날 우리가 누리는 복지는 모두 자유주의와 시장경제에서 온 것이다.

그러나 우리는 스스로 피를 흘리면서 싸워 자유와 인권을 얻은 것이 아니라서 자유의 소중함을 잘 모른다. 아직도 자유의 소중함을 잊을 때가 많다. 우리가 힘써 '자유주의와 자유시장'의 가치를 지키지 않는다면 조선시대나 북한과 같은 곳으로 돌아갈 수도 있다. 우리가 오늘 누리고 있는 자유와 풍요와 장수는 이념적으로 거저 얻는 것이 아니다.

영화 「국제시장」을 통해 보는 자유주의 이야기

김승욱 / 중앙대 교수·경제학

영화 「국제시장」에는 자유주의 사상이 녹아있다. 자유주의는 철학적 주제라고 생각하기 쉽지만, 우리 삶의 가까운 곳에 자유주의 사상이 있다.

열 살 남짓의 어린 나이의 덕수는 6·25전쟁 중에 있었던 흥남철수에서 아버지가 돌아오지 못하면 이제 네가 가장이라는 말을 명심하라며 엄마와 세 자녀를 남기고 사라진 아버지의 당부대로, 가족을 위해서 온 몸이 부서지도록 일하면서 험한 세월을 살아간다. 독일의 천 미터 땅속 막장이나, 월남의 전쟁

터도 마다하지 않고 돈을 벌기 위해 억척같이 살아간다. 이 영화를 감독한 윤제균 감독은 평범했던 자기 아버지 얘기를 하려고 만든 작품이라고 했다. 자신도 두 아들이 없다면 이렇게 열심히 일 안 할 거라고 한다. 부모라면 자식에게 더 나은 세상을 물려주고 싶은 마음이 있고, 자식이 아프면 차라리 자신이 아프고 싶다는 부모 마음은 이념이나 세대를 초월해 똑같을 것 같다고 했다. 그는 "하고 싶은 것, 되고 싶은 것도 많았지만 평생 단 한 번도 자신을 위해 살아본 적 없는" 덕수를 중심으로 힘들었던 그 시절, 오직 가족을 위해 굳세게 살아온 아버지 세대의 이야기를 「국제시장」에서 했다.

얼핏 생각하면 이 영화에는 아무런 사상이 들어있지 않는 것 같다. 덕수라는 개인이 자기 가족을 돌보기 위해서 한 평생 노력하는 것이 영화의 주제인데, 한 개인이 돈을 벌기위해서 고군분투하는 것이 자유주의와 무슨 상관이 있느냐고 생각하기 쉽다. 그런데 이렇게 자신의 삶을 치열하게 살아가는 것을 매우 아름다운 것이라고 하는 것이 바로 자유주의 사상이다. 영화 「국제시장」에는 보수주의 정치철학의 핵심 코드인 "자의식을 가진 개인들이 생명 번영을 위해 몸부림치는 과정"을 그대로 보여주었다. 에드먼드 버크(Edmund Burke)는 "인간은 자의식을 가진 개인으로 존재한다. 이 개인이 나고, 살고, 죽어가는 과정이 거대한 생명의 강을 이루어 꾸역꾸역 흐른다. 삶을 위한, 삶을 향한, 삶에 의한 개인의 몸부림, 이것이야말로 가장 감동적인 드라마다."고 했다. 이 영화는 이런 모습을 감동적으로 그려냈다.

종족번성을 위해서 동물도 자기 새끼는 목숨을 걸고 지키려고 하듯이, 인간에게도 본능적으로 자기 자녀를 보호하기 위해 노력하고 헌신한다. 자신이 못 먹고 못 입더라도 자식에게는 좋은 것으로 먹이고 입히려고 한다. 강력한 이 세대 간의 이타적인 행동보다 더 강한 동기는 없다. 인간이 자신의 목숨을 가장 소중하게 여기지만, 때로는 자기의 목숨보다 소중하게 여기는 것이 자신의 자녀에 대한 사랑과 헌신이다.

1953년에 미국 샌디에이고에서 실제로 있었던 일이다. 단 두 모자가 살고 있었는데, 어느 날 그 아들이 한국의 6·25전쟁에 해군으로 참전하게 되었다. 그런데 전쟁이 1953년에 끝이 났음에도 불구하고 아들로부터 아무런 연락이 없었다. 그러던 어느 날 아들로부터 전화가 왔다면서, 내일 집에 가겠다고 했다. 너무 반가웠는데, 아들이 자기 친구를 한명 데리고 가도 괜찮겠느냐고 물었다. 그 친구는 눈이 하나 없고, 팔과

다리가 하나씩 없는 불구자인데 이 친구와 평생 함께 살게 해 달라고 했다. 엄마의 답변이 조금 달라졌다. 그래, 며칠 함께 살자. 아들이 아니에요. 평생 함께 살게 해 주세요. 엄마는 다시 그래, 그럼 몇 달 동안 보살펴주자. 그랬더니 다시 아들이, 아니에요. 평생 함께 살았으면 해요. 그랬더니 어머니가 정색을 하면서, "아들아, 그렇게 감정적으로 이야기하지 말고 잘 판단해보렴. 아마 그 친구는 네게 평생 짐이 될 거야. 어서 감정을 추스르고 돌아와라." 그 다음 날 이 어머니께 미국 해군에서 전보가 왔다. 미 해군병원 12층에서 아들이 투신자살했다는 소식이었다. 알고 보니 그 아들은 눈, 팔, 다리가 하나씩 없는 불구의 몸이었다. 어머니에게 차마 자기 입으로 자신의 불구를 알리지 못하고 친구를 빗대어 자신을 평생 돌봐줄 수 있느냐고 물었던 것인데, 어머니의 답변을 듣고 자신이 평생 어머니의 짐이 될 것이라고 판단하고 투신자살을 한 것이다. 이 아들은 자식을 낳아보지 않아서 어머니의 마음을 몰랐던 것이다. 그 어머니가 그런 불구자가 자기 아들이라는 것을 알았으면 그렇게 답을 했을까? 남은 평생 돌봐 줄 수 없어도 자기 자식은 자신을 희생하고 돌봐줄 수 있는 것이 인간이다.

그런데 이렇게 자기 자신만을 위해서 사는 것이 뭐 대단한 것이고 고상한 것이냐고 반문할 수 있다. 그리고 개인보다 사회나 전체가 더 중요하다고 생각하는 사람들도 많다. 우리는 일제하에서 독립을 위해서 희생한 애국선열들이나 목숨을 걸고 나라를 지키기 위해서 싸우다가 희생당한 사람들의 헌신을 기리고 따라야 할 모범으로 생각한다. 그러다보니 자기가 잘 살겠다고 몸부림치는 것은 별로 가치가 없는 일이라고 생각하기 쉽다.

인간이 사회나 공동체와의 관계가 필요하다는 것과 자신이나 가족을 대체할 수 있는 다른 어떤 공동체(또는 사회)가 존재한다는 것은 다른 문제이다. 우리는 국가가 풍전등화의 위기에 처해 있을 때 전쟁에 참전하여 때로는 자신을 희생하고 국가를 위기에서 구하기도 한다. 가족을 고국에 두고 이국땅에 가서 조국의 독립을 위해 헌신하는 경우도 있다. 또한 사회의 유익을 위해서 나보다 못한 이웃을 돕기 위해서 자신의 돈을 기부하기도 한다. 개인의 자발적인 선택을 중요시한다고 해서 사회나 국가를 무시해도 된다는 것이 아니다. 인간이 이러한 행동을 하는 이유는 공동체가 개인보다 중요해서가 아니라, 개인이 환경의 필연을 수용하여 스스로 공동체를 위해서 자신을 희생하기로 위대한 결단을 한 것이다. 일제 식민 통치

하에서 태어난 사람이 자신이 처한 시대적 환경이 자신의 희생을 필요로 한다는 것을 자각하고 스스로 독립을 위해서 한평생을 헌신하겠다고 작정했다면 그 결단은 강제에 의해서 끌려서 하는 것보다 훨씬 더 소중한 것이다. 이것이 바로 자유주의이다. 이렇게 자유주의는 개인의 자발적 선택을 할 수 있는 자유를 귀하게 여긴다. 국가나 사회를 위한 헌신도 각자가 스스로 선택하는 것이 더 가치 있는 것이고 효과적이다.

개인을 사회의 부속품으로 여기고, 사회나 국가가 전체를 위해서 개인을 희생시켜도 된다고 하는 전체주의 사상은 바람직하지 않다. 이는 개인의 인격을 무시하는 처사이고, 결국 장기적으로는 사회 전체적으로도 비효율적이다. 지난 공산주의 체제 실험이 이를 잘 말해주고 있다. 인간은 아무리 교육을 시켜도 자기 개인이나 자녀보다 국가를 더 우선시할 수 없다. 이것이 본능이다. 일시적인 사회 분위기로 개인의 본성을 잠시 억누를 수는 있어도 이것이 수 세대를 거쳐서 지속될 수 없다.

두 번째 강조하는 것은 자유주의에서 말하는 자유라는 것은 내가 원하는 대로 하는 그런 자유를 말하는 것이 아니라, 남에게 강제당하지 않을 자유를 말한다. 우리가 자유라는 말을 할 때 두 가지 경우가 있다. 하고 싶은 대로 할 수 있는 것도 자유이다. 그러나 남에게 강요당하지 않을 때도 자유롭다고 한다. 이렇게 자유는 크게 두 가지 종류가 있는데, 자유주의에서 강조하는 것은 남에게 강요당하지 않을 자유를 보장해야 한다는 것이다. 사실 사람들이 모여 사는 곳에서 내가 하고 싶은 대로 한다면 이는 반드시 다른 사람의 자유를 침해하게 된다. 예를 들어서 지하철에서 다리를 꼬고 앉을 자유는 있지만, 그렇게 하면, 지나가는 사람에게 불편을 끼친다. 조용한 버스 안에서 큰 소리로 통화를 하는 것도 남이 조용하게 갈 수 있는 자유를 침해하는 것이다. 이렇게 사람들이 자기 하고 싶은 대로 하면 반드시 남의 자유를 침해하기 때문에 자유주의는 그런 자유를 보장하라는 것이 아니다. 남에게 강제 당하지 않을 자유만 보장하라는 것이 자유주의이다. 동서양을 막론하고 과거에는 개인의 자유가 상당히 침해당했다. 노예들만이 아니라 평민들조차도 자유가 상당히 억눌렸었다. 현재는 공산주의 사회도 그렇다.

영화 「국제시장」에서 덕수는 동생과 가족에 대한 책임감을 위해 자신의 미래를 희생하기로 위대한 결정을 내린다. 영하 20도의 혹한의 추위에도 아랑곳하지 않고 가족을 살리기 위해서 군중 속을 뚫고 배를 타기 위해서 돌진하는 아버지의 모습을 보는 어린 덕수의 생존경쟁을 경험한 그는 아버지의 마지막 당부를 한 평생 인생의 목적으로 자기도 모르는 사이에 간직하게 된다. 그는 선택을 해야 하는 인생의 갈림길마다 가족을 돌봐야 한다는 아버지의 당부를 잊지 않는다. 그리고 동생의 학비와 결혼자금 마련을 위해서 자신의 학업도 포기하고 목숨을 담보로 하는 해외 근로자 파견의 길을 선택하는 헝그리 정신의 근본은 가족에 대한 책임감이다. 자유는 항상 책임을 동반한다. 책임이 없는 자유는 방종이다. 자기 자신의 필요를 자기가 책임지겠다고 하는 정신이 바로 자유주의 정신이다. 자신의 필요를 국가나 사회에 의지하지 않는 자조정신이 바로 자유주의 정신이다.

요즈음 세상은 걸핏하면 남의 탓을 한다. 직업을 못 가져도 사회 탓이고, 내가 불행한 것은 내 노력이 부족해서가 아니라, 사회의 구조 때문이라고 생각한다. 지금보다 훨씬 어려운 시절에도 우리 부모님 세대는 잘 극복해왔다. 내 문제는 내가 스스로 알아서 한다고 하는 책임감을 동반한 자유주의 사상은 오늘날 한국을 있게 만든 원동력이다. 역사의 주인공은 민족이 아니라 자유로운 개인이다.

시골부자 이병철, 카센터주인 정주영?

"할머니, 그들과 우리 모두가 귀한 몸에 부자된 이유는…"

조우석 / 문화평론가, KBS 이사

할머니, 말이죠. 대한민국이 잘 사는 건 순전히 인간의 존엄과 자유, 사유재산권을 보장하는 자유주의 헌법 덕분이라는 글을 조금 전 읽어보셨죠? 1948년 이 나라 건국 때 선포했던 그 헌법의 힘 말이죠. 강원대 신중섭 교수가 쓴 글 '나는 어떻게 노비로 태어나지 않았을까'에 그런 목소리가 있던데, 저도 공감해요. 그건 의외로 쉬운 얘기 아녜요? 조선시대 백성이나 휴전선 너머 지옥의 북한 주민과, 우리 대한민국 국민의 차이가 뭐냐를 한 번 물어보자구요.

대한민국 헌법, 그 든든한 울타리가 있고 없고의 차이가 아니던가요? 그런 울타리를 제거하는 순간 우린 언제라도 조선시대로 뒷걸음치거나, 지옥 북한으로 바뀔 수도 있다니 어쩌면 그건 정말 아슬아슬한 얘기일 수도 있죠. 할머니, 저도 오늘 같은 말을 하려구요. 요즘 제가 삼성그룹 이병철 회장이나, 현대그룹 정주영 회장의 젊은 시절 얘기를 음미해보고 있는데, 결론은 마찬가지예요. 1948년 건국헌법 없인 이병철-정주영이란 큰 인물은 등장 자체가 불가능했죠. 안 그래요?

대한민국의 탄생이 없었더라면 이병철은 시골부자에 요정집을 전전하는 한량이란 소리 정도는 들어보며 세상을 살았을 겁니다. 정주영도 카센터 주인장이거나, 토목회사 사장 정도는 해봤을 거구요. 그러나 거기에서 멈췄을 텐데, 괜한 소리가 아니에요. 두 분이 남긴 책 『호암자전』(1986)과 『시련은 있어도 실패는 없다』(1991)를 새로 훑어봤는데, 그걸 보며 내린 제 결론이 그거라니까요. 두 자서전, 무지 재미있더래요. 전 특히 젊은 시절 얘기가 가슴에 와 닿았습니다.

제가 국민의 방송이라는 KBS의 이사로 있잖습니까? 이사는 대통령이 임명권자인데, 이사의 한 사람으로 저는 이런 말도 하고 싶습니다. 이 나라가 정상이라면, 말도 안 되는 막장

드라마 같은 걸로 시청자 마음을 헝클어 놓는 짓 대신에 우리가 살아온 스토리, 멋진 현대인들의 얘기를 TV드라마로 제작해야 합니다. 그래서 드라마 제목도 나름 정해봤는데, 어때요? '젊은 날의 이병철', '강원도의 풍운아 정주영' ….

이병철의 경우 1910년생입니다. 즉 한일합방이 되던 해 태어났는데, 일본 와세다대 유학을 다녀온 스물여섯에 비즈니스의 꿈을 품었습니다. 헐, 그 양반은 삽시간에 거물로 컸더군요. 대구에서 삼성상회를 차리기 전인 20대 시절 경남 마산에서 트럭 20대를 굴리는 운송업에 착수했다니 인물은 인물 맞습니다. 그때 곡물 선물(先物)거래를 겸한 정미업으로 대박 나면서 1만 석 대지주 노릇까지 해봤대요. 그때가 일제 말인데, 잘 나가는 것처럼 보여도 실은 그게 그거였습니다.

어떤 극적인 반전이 없었더라면, 기생들에 둘러싸인 채 '요정(料亭)의 큰손 신사'로 흥청망청했을 겁니다. 『호암자전』을 보니 같은 남자로 부럽기도 했지만 안쓰럽기도 하더라구요. 1930년대 마산에는 '천해관'이란 한국식 요정에 '망월'이란 일본식 요정이 8곳이 있었는데, 젊은 이병철은 그곳의 큰손이자 멋쟁이로 통했답니다. 기생이 모두 80~90명인데, 그 전체를 한자리에 불러놓고 호기롭게 놀아본 적도 있었다니 대단합니다.

서울-부산을 넘어 종종 일본본토로 원정까지 하던 "방일(放逸)했던 시기", "취생몽사의 미망"이라고 하던데, 그런 고백에 저는 외려 인간적 매력을 느낍니다. 이해 못할 것도 없죠. 그건 식민지 시절의 허탈감도 작용했겠고, 또 젊은 시절의 특권이니까요. 물론 그 결과 얻은 것도 있죠. 그때 이병철은 국악에 귀가 활짝 열립니다. 그래서 1964년 동양방송 TBC를 개국하면서 국악 프로그램을 특화하도록 지시했으니, 사람팔자 거참 묘한 거 아니겠습니까?

중요한 건 해방과 건국 전후 진짜 사업을 해보자는 뜻을 세우는데, 그걸 이병철 본인은 제2의 각성이라고까지 표현합니다. 정확하게 해방 이듬해인 1946년 이승만 박사를 만나면서 일이 벌어집니다. 당시 남로당의 대구 폭동 직후에 이 박사가 겸사겸사 대구지역에 내려왔는데, 30대 청년 이병철이 처음으로 인사를 드립니다. 그게 단순한 인사 그 이상이었답니다. 이병철은 당시 만났던 노 정객에게 반세기 전 서울을 무대로 젊은 이승만과 함께 독립협회 활동을 전개했던 동갑나이(1875년생)의 자기 선친 이찬우(李纘雨) 선생 얘기를 꺼냈거든요.

할머니, 이게 요즘 말로 대박 났던 겁니다. 무려 50년 전인

1890년대 스토리라면 사람의 기억이 가물가물할 수도 있는 거 아닙니까? 사람 이름까지 등장하면 더 아슴아슴하겠구요. 그러나 달랐습니다. 이 박사는 즉각 그 얘기를 알아들었고, 얼굴에 기쁜 빛이 역력했다고 책에 나옵니다. 뿌듯한 이 박사는 "서울에 오면 한 번 들르라"고 당신의 각별한 마음을 전했구요. 실제로 이병철은 이듬해인 1947년 8월 이화장을 찾아갑니다.

사전 연락도 없이 대구신탁은행 중역인 오위영이란 분을 대동하고 느닷없이 찾아 뵌 자리에서 셋 사이의 즉석 대화가 펼쳐졌는데, 당시 듣고 본 것을 놓고 30대 중반의 이병철은 "평생 잊기 어려운 체험"이라고 반복해 표현을 했습니다. 대한민국 건국을 1년 남겨놓은 당시의 비상한 국면에서 정부를 세우고 활로를 찾기 위한 노정치인 이 박사의 노심초사를 지켜보면서 이병철은 완전히 압도가 됩니다.

『호암자전』을 보면 그때의 특별했던 감동이 그대로 드러납니다. "마치 큰 불덩이가 가슴에 들어온 듯 한 느낌"을 받았다고 이병철은 술회하거든요. 그때 결정적으로 나라 없이는 사업이고 뭐도 없다는 각성과 함께 사업보국의 뜻을 다시 한 번 자신의 가슴에 새겼구요. 할머니, 그건 우리 현대사에서 위대한 만남이자 명장면이라고 저는 봅니다. 오늘 주제에 맞춰 표현하자면, 이병철이 이승만 박사를 만난 건 1948년 건국헌법의 정수를 직접적으로 체험한 것이죠.

20대 시절 요정집의 단골을 졸업한 위대한 기업인이 비로소 탄생하는 결정적 순간이 아닙니까? 기회에 저는 이런 말도 해야 직성이 풀릴 듯합니다. 지금의 글로벌 삼성그룹은 그 적통(嫡統)을 잇고 있는 중요한 기업입니다. 그래서 더 뻗어나가야 옳죠. 단 문화를 안다고 TV광고까지 하고 있지만 영 못미더운 CJ그룹, 엉뚱하게 좌파의 선봉 노릇을 하는 중앙일보 종편 jtbc가 이런 가슴 벅찬 스토리의 무게를 얼마나 알고나 있는지가 저는 영 궁금합니다.

할머니, 구수한 맛으로 치자면 역시 정주영 회장 이야기 아닙니까? 정주영은 이병철보다 다섯 살 아래이니 1915년생입니다. 그 분의 아버지가 황소 팔아 받은 돈 70원을 안방 나무 궤짝에 넣어둔 걸 훔쳐서 야반도주해서 서울로 도망쳤던 게 소년 정주영 아닙니까? 그 스토리야 국민 모두가 알겠죠? 근데 『시련은 있어도 좌절은 없다』를 읽어보니 그게 세 번째 무단가출이더라구요. 그러나 서울 상경은 처음이었는데, 당시 정주영은 부기학원에서 숙식을 해결하며 공부를 하고 있었습니다.

부기 6개월이면 어엿한 월급쟁이가 된다는 신문광고를 철석처럼 믿었던 탓이었습니다. 종손이자 맏아들의 습관성 가출을 확인한 아버지는 아들 찾아 삼만 리 끝에 극적인 상봉을 하는데, 그도 TV드라마 감이 아니겠습니까? 장소도 책에 나와 있습니다. 지금의 덕수궁 대한문 앞. 쭈그려 앉은 아버지와 아들은 말씨름이 한창입니다. "보통학교밖에 못 나온 촌놈이 부기학원 나와 봤자 고쓰가이(사환)밖에 더 해? 그 알량한 짓을 하려구 식구를 몽땅 거지 떼로 만들 테냐?"(아버지) "전 콩죽에 감자밥 먹는 농사꾼 노릇은 정말로 지긋지긋해요."(아들)

그때가 1930년대 초반인데, 착한 아들 정주영은 그럼에도 아버지를 따라 강원도 통천으로 되돌아가는 어려운 선택을 합니다. 직후 착실한 농사꾼 노릇을 하다가 정말로 못 견디겠다 싶어서 다시 네 번째 도망 친 게 그의 운명을 결정하는 갈림길이었습니다. 고려대 신축공사장 막노동에 이어 쌀가게 복흥상회 배달원으로 자리 잡은 게 바로 그때죠. 제법 잘 나가나는 미곡상으로 변신했다가 일제 말엔 카센터를 차렸고 해방 이후엔 현대토건을 시작했다지만, 제 판단에는 "그래봤자"였을 겁니다. 6·25전쟁 중에 잇단 행운을 얻었다구요? 그것도 아니에요.

할머니, 제가 보기엔 1948년 건국헌법 없는 정주영은 차수리공에 토건업자 정도에서 멈췄을 겁니다. 단언할 수 있습니다. 더 얘기할까요? 저는 정주영 영감님의 경우 가능성이 더 높았던 것은 차 수리업에 토건업도 아니고, 쌀가게 사환 노릇도 아닌 공시족이라고 믿어요. 공시족, 아시죠? 요즘 공무원 시험 보겠다고 코 박는 요즘 젊은이들을 보면서 저는 이런 생각을 합니다. "공무원 저건, 그 옛날 1930년대 일제하 젊은 정주영이 덤벼들려고 했다가 '그게 아니다' 싶어 벗어나는데 끝내 성공했던 굴레가 아니던가?"

제 말이 맞아요. 습관성 가출 직전 상황인데, 열네 살에 보통학교를 졸업했던 소년 정주영의 꿈은 교사였습니다. 교사 생활을 3년 했던 박정희 대통령의 경우를 한 번 떠올려보세요. 같은 농촌 출신이던 박정희-정주영은 나이가 비슷한 나이에 기질까지 비슷했고, 훗날 1960~70년대 내내 최선의 파트너십을 보여주지 않았습니까? 박정희는 "정 회장은 생긴 건 막걸리인데, 일하는 건 위스키"라며 대만족을 했었는데, 둘 사이 운명이 갈라졌던 건 아마도 교사 노릇이었는지도 모르겠습니다.

그래도 정주영은 정주영이었습니다. 진저리나게 싫었던 콩죽에 도토리밥을 먹으면서도 그는 남달랐죠. 동네에서 유일하게 구독했던 이장집 동아일보를 빌려다가 탐독했는데, 당시 연재 중이던 소설가 이광수의 장편소설 『흙』을 읽은 탓에 변호사의 꿈도 잠시 품었답니다. 독학으로 공부해 고시에 패스해 소설 속 등장인물인 허숭 같은 변호사로 입신하겠다는 비전을 가진 것입니다. 그게 그냥 해보는 말이 아니었더라구요.

"가까운 장래에 서울 가서 독학으로 고시 패스를 하겠다"고 작심했던 그는 서울 탈출 직후 막노동을 하면서도 『법제통신』이라는 법학 책을 사 모았고 『육법전서』를 암송했습니다. 실제로 보통고시도 응시합니다. 한 번 쳤다가 미끄러진 뒤 그 꿈을 내내 포기했다고 합니다. 어떠세요? 중요한 건 식민지 시절 청년에게 주어진 선택이란 제한된 종류의 것이고, 교사나 변호사를 포함해 공무원 노릇을 하는 게 또래보다 똑똑한 보통사람들의 몫이라는 점입니다.

그것이야말로 봉건 조선사회의 연장이 아니던가요? 조선왕조 500년이란 관념과 명분 지상주의에 빠진 유가(儒家) 집단이 몽땅 들어먹었던 나라인데, 그 신분체제 속에서 양반 자제 모두는 과거시험이나 보는 공시족을 꿈꾸지 않았습니까? 지금 젊은이들 사이에 공무원 되기 열풍을 지켜보면서 저는 그래서 기분이 더욱 고약해집니다. 우리의 대한민국이 사회적 활력을 잃어버린 채 조선시대로 되돌아가려고 그냥 버둥대는 꼴로 비춰지거든요. 할머니, 그리고 하나 더 있습니다.

조선시대 그 싸구려 관념과 명분에 빠져 지내는 체질을 이어 받은 집단이 지금 전교조에 민노총 등 종북세력입니다. 그 좌파집단이 자유주의 헌법을 선포했던 1948년 대한민국 건국을 부정하려고 악쓰는 것도 우연이 아니죠. 기억나세요? 조금 전 신중섭 교수의 말처럼 자유주의 울타리를 제거하는 순간 우린 언제라도 조선시대로 뒷걸음치거나, 북한으로 바뀔 수도 있다는 건 말장난이 아니라니까요?

할머니, 어때요? 오늘 제 얘기 들으실만 했나요. 한 번 정리해볼까요? 삼성의 이병철이 이승만 박사를 만나며 요정집 스타를 졸업하고, 사업보국에 입신했듯이, 현대 정주영 역시 1948년 건국헌법이 있었기 때문에 비즈니스의 꽃을 피울 수 있었습니다. 그거 너무도 자명한 얘기죠. 새삼스럽지만 우리가 누리고 있는 자유와 풍요란 공짜가 아닌데, 이참에 생각해 보자구요. 이병철, 정주영만 귀한 몸에 부자나라 국민인가요? 어쩌구 저쩌구 말해도 분명한 건 우리 모두가 그렇게 살고 있다는 점입니다.

헬조선 어쩌구에 흙수저의 헛소리는 짐짓 무시하세요. 종북 성향을 가진 무리들이 자유민주주의란 아름다운 용어 대신 진보적 민주주의 타령을 한다구요? 그런 헛똑똑이들의 딴소리에도 신경을 꺼버리세요. 우린 대한민국 국민의 맛을 봤고, 지난 70년 노하우가 있으니 도저히 조선시대 백성이나 지옥의 북한 주민처럼 살 수는 없습니다. 단, 지금은 아차 하면 북한이나 조선시대로 되돌아가느냐, 아니면 이 나라 대한민국을 제대로 지켜내느냐의 큰 싸움이 한창인 중요한 국면이라구요. 할머니, 오늘은 여기까지. 담에 다시 찾아뵐게요.

자유로운 세상

박기성 / 성신여대 교수·경제학

할머님! 제 집안 얘기를 좀 하겠습니다. 저희 아버님은 50년대부터 서울에서 미곡도매를 하셨습니다. 아버님은 새벽에 용산역에 가셔서 화차로 들어오는 쌀을 경매로 낙찰 받으셔서 소매상에게 파셨습니다. 당시 미곡도매상은 상당한 부자였고 저는 그 덕분에 유복하게 유년시절을 보냈습니다. 그러던 어느 날 아버님은 나라에서 쌀 도매상을 못하게 한다고 깊은 한숨을 쉬셨습니다. 어린 마음에도 그러면 우리 집은 어떻게 되지 하면서 걱정을 했던 기억이 납니다.

지난 해 저는 '자유 대한민국에서 어떻게 이런 일이 일어났나' 의아해서 과거 신문을 뒤적이다가 이와 관련된 1969년 1월 24일자 동아일보 1면 톱기사를 찾아냈습니다. "정부는 24일 쌀 거래에 있어서 서울, 부산, 대구 등 3개 도시에서 쌀 도매상의 활동을 완전봉쇄하고 정부가 고시한 5,220원(80kg 들이 중품 1가마) 이상을 받지 못하게 하는 행정부령을 내림으로써 쌀의 유통을 통제하였다."는 기사입니다. 이에 따라 1969년 2월 1일부터 서울, 부산, 대구의 쌀 도매상의 영업은 완전봉쇄 되었습니다. 그 대신에 농협공판장만이 쌀 소매상에게 쌀 한가마당 5,000원에 공급하여 소매가격 5,220원에 팔도록 명령하였습니다. 쌀 도매상들은 졸지에 가업을 잃게 되었지만 그 누구도 저항할 생각조차 못 하였습니다.

왜 이런 정책을 폈을까요? 정부는 쌀값이 비싼 것은 쌀 도매상들이 중간에서 폭리를 취하기 때문이라고 생각하고 쌀 도매상들에 대한 세무조사까지 벌였습니다. 급기야는 쌀 도매상을 없애 버렸습니다. 이렇게 되니 여주미, 이천미 같은 일반미는 자취를 감추었고 맛없는 정부미만 유통되었습니다. 밥하기 전에 반드시 조리질을 해서 돌을 골라내야 했고 먹다 돌이 씹히는 경우도 종종 있었습니다. 1982년 미국에 유학 가서 밥을 해서 먹어보니 돌이 없고 기름이 잘잘 흐르며 맛이 기가 막히게 좋았습니다. 논에서 생산된 쌀이 스스로 식탁 위의 밥이 되지 않습니다. 그 사이에는 상인들의 유통서비스가 꼭 필요합니다. 상인들의 차별화된 서비스 대신에 정부가 그것을 담당하고 가격을 통제하면 곧 저급한 쌀만 유통되게 됩니다. 그러나 서슬 퍼랬던 정부의 정책에 감히 누가 토를 달았겠습니까? 아버님의 황당함과 깊은 한숨 그리고 걱정에 찬 얼굴이 떠오릅니다.

저에게는 공부 잘 하던 삼촌이 계셨습니다. 온 가족이 삼촌의 서울대 졸업식에 갔던 기억이 납니다. 상대 졸업 후 ROTC 2기로 임관하셔서 전방에서 복무하셨습니다. 주말에 휴가 나오실 때 건네주던 미제 초콜릿이 얼마나 맛있었던지…1965년 2월 제가 유치원을 졸업하던 날 그 삼촌이 부대에서 소총으로 자살했다고 통보 받았습니다. 모든 가족이 아연실색했고 할머님은 실신하셨습니다. 눈밭에 있던 시체는 탄환이 턱 밑에서 머리를 관통했는데, 권총을 휴대하는 장교가 추운 겨울 눈 위에서 군화를 벗고 발가락으로 방아쇠를 당겨 자살했을까 의아했습니다. 상관인 중령이 찾아와 살려달라고 애원했다는 얘기까지 들었습니다. 그러나 제 가족은 진상조사를 요구할 생각조차 못 했습니다. 최근에 국방부, 국민권익위원회 등에 진상조사를 요청했으나 너무 오래 되어서 불가능하다는 회신을 받았습니다. 그 과정에서 제 아들이 삼촌이 복무하셨던 사단에서 복무했던 것을 알게 되었습니다.

1960년대 조국 근대화 과정에서 아버님은 정부의 쌀값 안정 정책의 타겟이 되었고 삼촌은 국가 안보를 위해 희생되었습니다. 이런 일이 비단 제 가족에게만 국한된 일이겠습니까? 상인을 거간꾼으로 취급하는 사농공상과 국가우위의 관존민비 사상은 우리의 4,400년 역사에서 항상 지속되었으며 뼈 속 깊이 뿌리내려 왔습니다. 그러나 이제는 이런 식으로 개인이 희생되어서는 안 됩니다. 정부 정책이라는 미명 하에 개인의 기본권이 유린되거나 생명이 위협 받는 일은 더 이상 없어야겠습니다. 개인의 자유와 권리가 존중되는 가운데 국가 정책이 추진되고 국민의 안정된 삶이 보장되어야 합니다. 이런 사회가 우리가 추구하는 자유로운 세상입니다.

지하에 계시는 외할머니에게

부전자전(父傳子傳) 자유주의 파산기

김용삼 / 미래한국 편집장, 동원대 특임교수

외할머니, 정말 송구스럽습니다. 제 인생이 이렇게 복잡하게 꼬인 것은 누구 탓도 아니요, 모두가 제 탓입니다. 중학교 시절, 왜 옆집, 마당에 모과나무 심어놓은 집에 예쁘장한 딸 있었잖아요. 그 누나만 없었어도 제 인생 지금처럼 망가지지는 않았을 것이 틀림없다고 장담합니다.

하필 그 누나가 옆집에 살게 됐던 것인지, 이건 거의 신(神)의 음모 수준 아니겠습니까. 그 누나를 몰래 흠모한 것도 어쩔 수 없는 인연이 가져다 준 사건임에 틀림없다고 생각합니다. 어쩌자고 그 누나가 저에게 크리스마스 선물로 헤르만 헤세의 『데미안』이란 책을 선물해 준 것일까요. 아무튼 선물 받은 그 책에 흠뻑 취했습니다. 그 날로 책 읽는 게 공부하는 것보다 100배 쯤 흥미로운 마력을 발휘했습니다. 아예 학교 공부는 제쳐 놓다시피 하고 그 길로 나간 게 문제라면 문제였을 겁니다.

아버지께서 제가 책 읽는 거 좋아한다고 고등학교 입학 기념으로 100권짜리 한 세트로 된 세계문학전집 사 주신 거 할머니도 기억나시죠? 이게 무슨 운명의 장난이었는지, 이 전집 덕에 병이 더 고질이 되고야 말았습니다. 남들은 『수학의 정석』이니 『정통종합영어』니 뭐니 끼고 살 때 저는 도스토예프스키의 『카라마조프의 형제들』을 옆구리에 끼고 다니며 날뛰었으니까요.

빡빡머리 고등학생이 알면 뭘 얼마나 알겠습니까. 기독교 정신의 정수(精髓)와 서양 철학사를 깊이 탐닉해도 이해가 될까 말까한 작품이 단테의 『신곡』이고 괴테의 『파우스트』인데, 솔직히 저의 기독교와 서양 철학적 무장 상태는 참혹할 정도로 부실했습니다. 무슨 뜻인지 이해도 못하면서 그저 등장인물 몇 개 그럴듯하게 외면서 겉멋만 늘어가는 수준이었죠.

그런데 문학전집이란 게 묘한 마력이 있었던 게 분명합니다. 일본 사람들이 선정한 게 분명한 세계문학전집 100권 한 세트 내에는 좌에서 우, 우에서 좌, 무정부주의, 허무주의를 망라한 이데올로기적 구성을 바탕으로 하고 있어 이념의 면역력을 높여주는 데는 그만이었습니다.

문제는 어머니의 표현대로 '소설 나부랭이'가 대학입시를 담보해주는 게 아니라는 데 사태의 심각성이 엄존하고 있었던 걸 제가 어찌 눈치나 챘겠습니까. 다른 녀석들은 경영학과를 가느니 전자공학과를 가느니 눈치 볼 때 저는 자유주의의 세례를 크게 받았고, 월남하여 서북청년단에서 활동했던 아비지의 피를 이어받아 공산주의에 대한 혐오감을 형성했습니다.

아무리 생각해봐도 천성이 자유주의자가 될 수밖에 없는 존재라고 믿었고, 자유주의자답게 학교나 학과 선택은 당연히 개인의 주체인 제 맘대로 결정해야 한다고 믿었던 게 실수였던 것 같습니다.

할머니, 이건 순전히 변명입니다만, 지금이야 개똥처럼 흔한 게 문예창작과입니다. 하지만 제가 고등학교 졸업할 무렵엔 4년제 대학 중엔 동작구 흑석동에 위치한 모 대학에 개설된 그 학과 하나뿐이었습니다. 국내 유일이라는 희소성에서 유혹 요인이 발생했고, 김동리, 서정주, 구상, 유주현 선생 등등 필명을 날리던 대작가나 시인의 제자가 될 수 있다는 감언이설에 거의 이성을 상실해버린 겁니다.

대입 원서를 써야 하는 시즌이 닥친 고3의 어느 날, 작심을 하고 누워 계신 아버지께 문예창작과에 원서를 접수한 사실을 이실직고하고야 말았습니다. 벌떡 일어나신 아버지, "이 미친 놈" 하시더니 베고 있던 목침을 냅다 저를 향해 집어던졌습니다. 재빨리 몸을 피하는 바람에 피격은 면했습니다만, 그 다음 말씀이 제겐 낯설었습니다.

"이 자식아, 네 맘대로 할 거면 호적 파서 집에서 나갓!"

그 길로 제가 호적 파가지고 고속버스 타고 상경한 거 잘 아시죠? 학과 한 번 잘못 택한 것이 불경죄가 될 수 있다는 엄혹한 현실을 미처 깨닫지 못한 어린 자식을 향해 아버지는 일종의 경제 봉쇄 정책으로 보복을 하셨습니다. 저에게 서울은 피붙이 하나 없는 낯선 정글이었습니다. 학비는 물론 하숙비조차 끊겨 허덕이다 아버지 몰래 어머니께 도움을 청하면 "글쎄다. 네가 좋아서 저지른 일이니 네 인생 네가 책임 져야지 별 수 있냐" 하고 연을 끊다시피 하셨습니다.

자유주의의 대가는 혹독했습니다. 머리털 나고 처음으로

생계전선에 뛰어들어야 했으니까요. 그나마 글에 좀 희망이 보인다 해서 TV 방송의 코미디 프로 대본은 물론이요, 방송사 심야 프로그램의 작가, 출판사가 지어준 '와룡생'이란 가짜 필명으로 그 당시 유행이던 엉터리 무협지도 밤새워 써갈겨 댔습니다. 요즘 조강지처 버리고 바람피우다가 망신당한 모 코미디언이 영화 만든다고 해서 한 학기 등록금 받고 시나리오를 써줬는데, 그만 그 영화가 쫄딱 망한 일도 있었습니다.

아르바이트를 하는 틈틈이 고등학교 시절 읽었던 세계문학전집을 반복해서 읽었습니다. 군대 갔다 복학한 대학은 운동권들이 주도하는 도시게릴라 전투장이었습니다. 그 무렵 '의식화의 은사'라고 존경심 자자한 모 교수의 저작들이 금서로 지정되어 있었는데, 구해서 읽어보니 이건 뭐 완전 맹탕이더군요. 수천 만 명을 굶겨죽이고 때려죽인 중국의 대약진운동, 문화대혁명을 인류가 지향해야 할 지상낙원인 것처럼 미화찬양하질 않나…. 알고 보니 이 분 저작이란 게 대부분 오래 전 일본 좌익 인사들이 쓴 팸플릿을 번역해서 제 글처럼 쓴 것이 대부분이었습니다.

세계문학전집을 독서하면서 저도 모르는 사이에 좌파 사상에 면역력과 방어벽이 생겨났습니다. 그 시절 저는 운동권 근처에도 가보지 않고 건강한 심신으로 사회에 진출한 천연기념물 같은 존재였습니다. 어떤 사이비 선전선동이나 미혹의 주의주장이 제기되어도 극복해낼 만한 자유주의의 세례가 자연스럽게 이루어졌음을 그제야 깨달았습니다.

* * *

할머니께서 둘째딸 차령이가 세상에 태어나는 것을 못 보고 돌아가신 게 어쩌면 다행입니다. 만약 살아계셨다면 저처럼 속깨나 끓이셨을 게 분명하니까요. 이놈의 '계집애'가 어렸을 때 태권도를 배워서는 동네 사내애들 쌍코피를 터뜨리지를 않나, 그래서 얻은 별명이 '사과뭉치'입니다. 사고뭉치를 살짝 돌려놓은 것이지요.

중학교 들어가서는 학교생활 부적응자 꼬리표가 따라붙더군요. 스트레스 해소한다고 그 학교의 좀 노는 애들 모아서 교내 밴드를 결성하여 난리를 쳐댔답니다. 학교에서 단단히 주의를 주었던 것 같아요. 둘째딸이 중3을 거의 마칠 무렵의 일입니다. 마침 휴일이라 집에서 쉬고 있는데, 미국에서 국제전화가 걸려왔습니다. 당신 딸이 미국 국무성 교환학생 필기시험에 합격하여 전화 인터뷰를 해야 한다나요.

교환학생이라니, 이게 무슨 날벼락입니까. 알고 보니 학교 다니기 짜증난다면서 부모와 상의도 없이 1년 간 미국 가서 공부하는 교환학생 시험을 본 겁니다. 어이가 없어 "네 맘대로 할 거냐"고 야단을 쳤습니다. 딸이 저를 빤히 바라보며 그러더군요.

"그럼, 아빠가 내 인생 대신 살아줄 거야? 내가 좋아서 한 건데 아빠가 왜 참견이야."

이건 뭐, 적반하장이라더니…. 그런데 아차 싶었습니다. 이제 딸이 다 커서 "나도 자유주의자가 됐으니 아빠는 참견 마시라" 이런 뜻 아니겠습니까. 작은 딸 미국으로 교환학생 가는 데 있어 제가 한 일이라고는 비행기 티켓 끊어주는 게 전부였습니다.

그런데 교환학생 제도라는 게 또 맹랑하더군요. 한국에서 선발된 학생은 각 주에 한 명씩 배치하되, 호스트 가정은 가급적 그 나라 민족의 언어를 사용하는 사람이 없는 지역으로 배정할 것, 인구 5만 미만의 소도시, 학생 수는 500명 미만의 학교 등등 까다롭게 규정되어 있었던 겁니다. 결국 둘째딸 호스트 가정으로 정해진 곳은 로키산맥 한복판, 몬태나 주의 인구 몇 천 명에 불과한 산골의 목장 주인집이었습니다.

생각해보세요. 세계에서 가장 번잡한 대도시 서울에서 살던 아이가 강원도 정선 두메산골 목장 동네 학교로 전학 가서 양털 깎는 상황이 된 겁니다. 그러나 어쩌겠습니까. 자유주의의 대가는 비싸고 험난하다는 걸 깨닫는 수밖에요.

어느 날 호스트로부터 메일이 한 통 날아왔습니다. 귀하의 딸이 3개월 후면 만 16세가 된다. 미국에서 만 16세가 되면 첫째 운전면허를 취득해 운전을 해야 하고, 둘째 총기를 사용해야 한다. 이를 위해 지금부터 훈련에 돌입하는데, 훈련은 자기가 담당하겠으나, 아직 만 16세가 안 되었으므로 법적 보호자의 동의가 필요하다. 동의하면 서명하여 서류를 보내라는 것이었습니다. 바로 동의 답신을 보냈습니다.

며칠 후 호스트로부터 메일이 왔습니다. 당신 딸 사격 솜씨 굿(good)이다, 사진 보내니 감상하시라, 이런 내용이었습니다. 첨부파일 열어보니 둘째딸 장총 쏘고, 권총 쏘는 사진이 들어 있더군요. 세상에 중3짜리 애들에게 이런 훈련을 시키다니. 분개에 앞서 딸이 보낸 메일이 눈길을 끌더군요.

"아빠. 호스트 파더(host father) 말씀이 혹시라도 집에 낯선 사람이 침입하거나 곰이 뛰어들면 창고에서 총을 꺼내 쏴야 한다는 거야. 창고에는 총이 수십 자루나 있어. 여기는 아주 산골 동네라 911(한국의 119)이나 경찰 부르면 도착하는 데 4시간 걸리니까 나와 내 가족은 내가 지켜야 한대. 나 총 잘 쏴서 칭찬받았어. 운전 실력도 많이 늘었구."

1년 후 귀국한 둘째딸은 집 앞의 고등학교에 배정받아 착실히 학교를 다녔습니다. 성적도 양호해서 담임선생님으로부터 "이대로 가면 명문대는 문제없다"고 칭찬도 들었습니다. 집사람과 저는 "재가 미국 갔다 오더니 사람 됐어" 하고 쾌재를 불렀습니다. 순진한 착각이었습니다. 2학년 1학기가 마무리되어갈 즈음 딸이 엄숙하게 선언했습니다.

"나 학교 재미없어. 그만 다니기로 했어."

집 사람은 끙끙 앓아 누웠고, 담임선생님은 "귀하의 둘째딸이 기말 시험에 전 과목 백지를 냈는데 이게 무슨 일이냐"고 난리였습니다. "중졸 학력으로는 이 나라에서 빵집 주인 되기도 힘들다. 고등학교라도 졸업한 다음 네 맘대로 해다오" 하고 빌다시피 한 것은 저였습니다. 며칠 실랑이 끝에 딸은 큰 양보라도 하듯 타협안을 냈습니다.

"고등학교는 짜증나. 그만 다닐래. 대학에 한 번 가보지 뭐."

그해 늦가을 둘째딸은 수시 전형을 통해 경기도 안산의 모예술대학 디지털아트과라나 뭐라나에 지원하더니 덜컥 합격하더군요. 다니던 학교에서는 조기졸업 시험 합격하여 고등학교를 2년만 다니고 졸업해버렸습니다. 이 녀석 용케 이 학교 졸업하고, 지금은 무슨 첨단영상대학원이라나 뭐라나에서 디지털아트를 전공한답니다.

대학원도 부모와 단 한 마디 상의도 없이 지 맘대로 정한 겁니다. 저와 집사람은 지금도 디지털아트가 뭐하는 학문인지 잘 모릅니다. 그냥 사고 안치고 졸업해 주는 게 우리를 도와주는 것이라고 믿고, 제가 딸을 향해 목침을 집어던지는 일이 없기만을 빕니다.

사회주의 계획경제는 왜 망했을까?

조전혁 / 전 국회의원

망하는 데는 다양한 이유가 있을 수 있습니다. 그러나 개인이 됐든 회사가 됐든 아니면 국가가 되었든 이유나 과정은 다를지 모르겠지만 원리는 하나입니다. 몇 달 전 TV를 보니까 인터넷 쇼핑에 중독된 어떤 분의 얘기가 나오더군요. 한 달 인터넷 쇼핑 비용만 무려 7~8백만 원, 근데 가계소득은 고작 250만원 정도였습니다. 나중에 SNS에 떠도는 뒷얘기를 검색해보니 가산을 완전히 탕진하고 빚더미에 올라있더군요.

국가의 경우도 마찬가지입니다. 멀리 아르헨티나 등 남미

국가의 재정파탄사(財政破綻史)나 최근 그리스, 포르투갈, 베네수엘라 같은 나라의 경우를 보더라도 국가가 거덜 난 이유는 해당 정부가 벌어들이는 세수보다 더 많은 재정을 지출했기 때문입니다. 제 능력에 맞지 않게 펑펑 써대면 개인이나 국가나 꼭 같은 종말을 맞이할 수밖에 없습니다.

내셔널 지오그래픽 채널에서(이름은 잊어버렸지만) 특별한 어떤 쥐에 대한 프로를 시청한 적이 있습니다. 인간의 경우 심장박동수가 분당 60회입니다. 근데 그 쥐는 무려 400회나 됩니다. 빠른 심장박동을 위해서 많은 에너지를 필요로 합니다. 단 3시간만 먹지 못하면 굶어죽는다고 하더군요. 이처럼 동물도 기초대사를 유지할 수 있는 최소한의 에너지를 지속적으로 공급받지 못하면 생명이 끊어집니다.

이제 본론으로 들어가 볼까요? 사회주의 계획경제에서는 중앙의 경제계획자가 국가전체의 생산품과 생산량을 정합니다. 그것을 국민들에게 분배하는 일도 국가계획 하에 통제합니다. 기본적으로 이게 가능할까요? 수학적으로는 일단 불가능합니다. 수십만 가지의 상품의 수백, 수천만 아니 수억의 국민에게 나누어 주는 분배의 룰을 정하는 것은 그 많다는 바둑의 경우의 수보다 수 천 조(兆), 수 천 경(京) 배 복잡합니다. 그냥 '무한대(∞)'의 경우의 수라고 해도 무방할 정도입니다. 그걸 인간의 능력으로 할 수 있다고 생각하는 것은 일찍이 하이에크 선생이 말씀한 것처럼 '치명적인 자만' 그것이었습니다.

어떤 상품을 얼마나 생산해서 어떻게 분배하느냐의 문제가 무한대만큼 복잡해도 슈퍼나 울트라슈퍼(?) 컴퓨터로 풀 수 있다고 가정합시다. 더 큰 문제는 인간 욕망의 문제입니다. 그건 경우의 수로 따질 문제가 아닙니다. '내 것'과 '네 것'에 대한 사람의 인식은 완전히 다릅니다. 내 것은 소중하지만, 네 것이 되는 순간 사람의 이타심은 한계가 있습니다. 내 집 화장실에서 침 뱉고 담배꽁초 함부로 버리지 않는 사람이 공중화장실에서는 180도 다른 행동을 할 수 있습니다. 아니 대부분 다릅니다. 도덕 수업의 강화나 벌금 인상으로 다소 개선될 수는 있을지 모르지만 완전한 해결은 불가능한 문제입니다.

독일이 통일되자 서방의 경제전문가들에게 계획경제가 망한 원인을 구체적으로 밝힐 수 있는 기회가 찾아왔습니다. 이들이 밝힌 원인은 역시 "구동독의 생산체제가 거대한 자원낭비 체제였다"는 것입니다. 조금 더 구체적으로 얘기하면, 생산을 하면 할수록 부가가치가 오르는 것이 아니라 떨어지는 체제였다는 것입니다. 이렇게 말씀을 드려도 금방 와 닿지 않을지 모르겠습니다.

가령 의자를 만들기 위해서는 원목-목재-의자로 가는 생산단계(물론 극도로 단순화한 것이지만)를 거칩니다. 단계가 올라갈수록 가치가 증가합니다. 근데 계획경제 하에서 거꾸로 그 가치가 떨어졌습니다. 이윤동기도 없고 소비자의 기호나 욕망에 대해서도 관심이 없기 때문에(그 이유는 물론 내 것이 아니라 네 것이기 때문입니다) 나왕이나 미송 같은 고급 원목을 제 맘대로 대충 재단해서 목재로 가공합니다. 그리고 정부에 목재 얼마만큼을 생산했다고 보고합니다. 물론 그 보고도 엉터리인 경우가 다반사였습니다. 이제 의자 생산 '명령을 받은 사람'은 엉망으로 재단된 목재를 가지고 의자를 만듭니다. 디자인, 안락함 뭐 이런 것들은 거의 신경 쓰지 않습니다. 한 쪽 다리가 짧아도 괜찮습니다. 의자처럼 보이기만 하면 됩니다. (실제로 소련에서 일어난 이야기라는데… 볼트 생산 공장에 100톤의 볼트 생산지시가 내려오자, 100톤짜리 볼트 한 개를 만들어서 생산량 완수했다고 보고했다는 황당한 스토리도 있습니다) 잘 만드나 못 만드나 내 주머니와는 상관이 없기 때문입니다. 불량품이 태반인 의자가 소비자의 집으로 갑니다. 아귀가 맞지 않으니 몇 번 앉으면 부서지기 일쑤고, 집에서 고쳐보지만 답이 안 나옵니다. 결국은 아궁이로 직행합니다. 나왕, 미송과 같은 고급목재가 땔감용 잡목이 되는 순간입니다.

사회주의 계획경제 하에서 이런 자원의 낭비가 모든 산업에서 수 십 년간 일어났습니다. 앞서 충동적으로 사고 나서는 몇 번 쓰지 않고 버리고, 또 사서는 버리는 쇼핑중독자의 예처럼 구소련과 동구권 계획경제 국가들이 이렇게 소중한 자원을 낭비한 것입니다. 큰 부자가 3대는 간다지만 더 이상 버틸 재간이 없습니다.

이처럼 사회주의는 이론에서 실험까지 철저한 실패로 끝났습니다. 그런데 우리나라에서 이제는 용도폐기 돼 묻혀있는 사회주의 체제를 이상향처럼 말하는 시대지체자(時代遲滯者)들이 마치 대단한 양심이나 석학인양 추앙받고 있습니다.

대형서점에는 이런 유(類)의 책들이 넘쳐나고 있습니다. 시장경제를 부정하는 자들이 자기들 책은 시장경제의 생산·유통시스템을 이용해서 돈을 벌어먹고 있습니다. 참 아이러니죠?

'~로부터의 자유'와 '~할 자유'는 함께 간다

김인영 / 한림대 교수·정치행정학

자유주의는 한마디 설명하면 인간 모두에게 자유가 중요하다는 사상입니다. 개인의 자유가 중요하니 자유를 억압하는 절대자나 국가의 행동은 제약받아야 한다는 주의입니다. 자유를 정의할 때 흔히 '~로부터의 자유'와 '~할 자유'를 구분합니다. '~로부터의 자유'를 소극적 자유, '~할 자유'를 적극적 자유라고 부르기도 합니다.

하지만 소극적 자유와 적극적 자유는 상호보완적이므로 동시에 함께 해야 합니다. '~로부터의 자유'만 있고, '~할 자유'가 없다면 자유는 불완전합니다. 또 '~할 자유'는 있는데 '~로부터의 자유'가 없다면 '~할 자유'는 실행되기 어렵습니다. 예를 들어 종교의 자유란 어떤 종교든 믿어도 된다는 자유와 "어떤 종교는 믿어서는 안 된다"는 국가의 강제로부터의 자유는 함께 해야 완전합니다. '~로부터의 자유' 혹은 '~할 자유' 하나만 있다면 완전하지 않다는 것이지요.

다른 예를 들어 보겠습니다. 현재 정부는 대형마트의 영업시간을 오전 10시부터 밤 12시까지로 제한하고 있습니다. 재래식 시장을 보호한다, 또는 골목상권을 살린다는 취지, 또는 동반성장 정책 또는 경제민주화 정책 때문입니다. 하지만 자유민주주의 체제에서 대형마트의 영업시간 제한은 두 가지로 국민의 자유를 억압 합니다. 대형마트든 재래식 시장이든 국민의 선택의 자유를 억압하는 것이고, 또 12시 이후에도 영업할 수 있다는 영업활동의 자유를 억압하는 것입니다. 국민의 선택할 자유와 기업의 영업할 자유는 정부 강제로부터의 자유가 있어야 실현될 수 있습니다.

밤 12시 이후 마트 영업이 얼마나 중요한지 예를 들어 보겠습니다. 젊은 맞벌이 부부가 밤 12시 이후 갓난아기에게 먹일 분유가 떨어졌다면 갓난아기를 대형마트가 여는 아침 10시까지 굶겨야 합니다. 왜냐하면 밤 12시 이후에는 분유 살 가게가 없기 때문입니다. 밤 12시라면 재래식 시장은 이미 문을 닫았고, 분유를 파는 편의점은 거의 없습니다. 대형 마트가 12시 이후에도 문을 연다면 젊은 부부는 비싼 분유를 여러 통씩 집에 쌓아 둘 필요 없이 마음 놓고 아기를 키울 수 있을 것입니다. 정답은 맞벌이 부부 등 밤에만 쇼핑이 가능한 국민들을 위해 12시 이후에도 대형마트를 열 수 있는 자유를 허용해야 한다는 것입니다. 정부는 국민의 쇼핑할 자유도 기업이 영업할 자유도 억압하고 있는 것입니다. 자유주의는 무엇이든 자유롭게 할 수 세상, 정부의 터무니없는 강제로부터의 자유를 추구하는 사상입니다.

정부는 대형마트 영업시간을 제한하고 강제휴무요일을 지정하면 정부가 목적하는 재래식 시장 활성화와 골목상권 살리기를 이룰 것 같지만 사실은 그렇지 않습니다. 대형마트가 영업하지 않는 시간과 요일에는 재래식 시장을 이용한다는 답변은 매우 적기 때문입니다. 국가는 정의와 평등의 이름으로 사람들의 삶에 개입하는 것을 옳다고 주장하지만 자유주의는 개인의 자유를 억압해서 얻을 수 있는 정의와 평등은 정의롭지도, 진정한 평등을 가져오지도 않는다고 주장합니다.

국민에게 어느 요일은 재래식 시장에만 가라고 강제하는 것은 국민의 선택권을 제한하고 자유를 억압하는 행위입니다. 나아가 대형마트의 영업시간 제한과 수요일 휴무는 재래식 시장과 골목상권의 소상공인, 즉 서민들을 위한 정책이라는 주장도 틀립니다. 대형마트에서 일하는 캐셔, 물건 쌓는 분들, 과일과 야채를 준비하는 분들도 재래식 시장에서 장사하시는 분들과 똑 같은 서민입니다. 재래식 시장을 살리겠다는 공익 때문에 대형마트에서 일하시는 분들의 노동의 권리와 자유를 억압해서는 안 된다는 것입니다.

자유주의는 자유의 억압이 의도하지 않는 부작용을 발생시킨다고 주장합니다. 예를 들어 정부는 매년 새로이 최저임금을 정합니다. 2014년은 5,210원, 2015년은 5,580원, 2016년에는 2015년보다 8.1% 인상된 6,030원입니다. 하지만 자유주의는 임금을 어느 수준 이상을 반드시 주어야 한다는 것은 고용주와 근로자의 계약의 자유를 억압하는 강제라고 비판합니다. 왜냐하면 부작용이 매우 크기 때문입니다. 최저임금제는 지금 직장에서 일을 하고 있는 분들에게만 이로운 것이지 아무런 기술도 없는 또는 최저임금보다 더 낮은 임금으로도 일을 할 준비가 되어 있는 그리고 그런 일자리 이외에는 일자리가 없는 사람들의 일할 자유를 빼앗습니다. 최저임금이라는 제도적 강제는 단순 노동 이외에 아무런 기술이 없는 청소년들 또는 주부들 또는 고령의 아파트 경비원들의 일자리를 빼앗는다는 것입니다. 최저임금이 오르면 단순 노동의 청소년을 고용하는 아이스크림 가게는 3명이 필요한데도 높은 시간급(時間給) 때문에 2명만 고용하고 또 그만큼 2명에게는 해야 할 일의 양이 많아집니다. 또 최저임금이 오르면 아파트 관리실에서는 경비원의 숫자를 줄이고 CCTV를 늘리게 됩니다. 고령의 아파트 경비원과 같이 저임금이라도 일자리를 찾는 이들에게는 최저임금이 오르면 일자리가 줄어들 가능성이 높아집니다. 즉, 저임금에라도 일을 할 자유마저 정부의 최저임금이라는 강제와 간섭으로 빼앗기게 되는 것입니다.

자유주의는 최저임금을 올리지 말라고 주장하는 것이 아닙니다. 임금이란 고용주와 구직자의 자유 계약에 의해 결정되어야지 정부가 자의적으로 결정하지 말라는 것입니다. 고용주와 구직자의 자유로운 임금 계약만이 모두에게 가장 이득이 되는 현명한 결정에 이르게 한다는 주장입니다.

가족경영이 나쁘다며 재벌 대기업을 해체해야 한다는 주장을 하는 정치인들이 있습니다. 이는 전문경영자에게 맡겨 경영하든 가족이 경영하든 기업경영 방식의 자유를 억압하는 주장입니다. 또 대기업에서 일하고 있는 직원들의 노동의 권리와 자유를 고려하지 않은 정치인들의 독재자적 발상입니다. 대기업이 해체되면 일자리를 잃게 되는 수많은 샐러리맨들의 노동의 자유 그리고 하청업체들은 공급처를 잃게 되어 생존이 위협받을 수 있는데 그런 것은 고려하지 않는 지극히 독선적인 주장이라는 것입니다. 정치인이라고 또 대기업이 밉다고 자기 소유의 기업이 아닌데도 대기업의 경영방식을 마음대로 정하고, 대기업에서 일하는 직원들과 하청기업들을 파리 목숨 취급할 자유는 없습니다.

이러한 이유들로 자유주의는 정부의 권한을 줄이고 정부의 규모도 줄이라고 주장합니다. 정부의 권한이 클수록 국민과 기업의 자유는 작아지며, 정부의 규모가 커질수록 세금을 많이 내야하기 때문입니다. 세금을 많이 낸다는 것은 내가 열심히 일해서 번 돈을 더 많이 정부에 빼앗긴다는 – 바친다는 – 의미입니다. 내가 힘들여서 번 내 돈에 대한 자유가 줄어드는 것과 동일한 의미입니다. 정부가 작을수록 국민의 자유는 커지기에 자유주의는 작은 정부, 규제가 작은 정부를 강조하는 것입니다. 물론 개인의 자유와 안전을 위한 치안과 국방은 당연히 필요하겠습니다.

자유주의는 정치에서도 매우 중요합니다. 제약받지 않고 자신의 지도자를 뽑을 수 있는 자유와 정부의 잘못을 말할 수 있는 표현의 자유, 또 언론의 자유는 매우 중요합니다. 국민의 정치적 자유를 박탈했기에 표현의 자유와 언론의 자유가 없었기에 전체주의와 공산주의는 국민의 지지를 잃고 사라져 버렸음을 역사는 보여주고 있습니다.

자유주의는 자유는 인간본성에 속하는 것이라고 생각합니다. 따라서 정부와 독재자로부터의 자유와 개인이 원하는 것을 할 수 있는 자유를 동시 함께 추구합니다. 단, 자유주의가 무제한의 자유, 즉 남을 괴롭히거나 사람을 죽일 수 있는 자유까지 주장하는 것은 아닙니다. 남의 자유를 해칠 자유까지는 없다는 것입니다.

자유주의는 남의 자유를 해치지 않을 범위까지 개인의 자유를 인정합니다. 이는 우리가 함께 사는 공동체를 지키기 위해서입니다. 자유주의는 개인의 자유로부터 시작하지만 개인의 자유로 끝나는 것이 아니라 공동체의 유지와 번영도 함께 생각하는 고귀한 사상입니다.

무역할 자유, 기업할 자유가 대한민국 번영의 토대

박종운 / 시민정책연구원 연구위원

자유는 무엇을 만들어낼까? 그것은 부를 만들어낸다. 어떤 사람이 다른 사람에게 필요한 것을 제공해줄 자유가 있다면, 그는 이러한 봉사로부터 대가를 받을 수 있다. 그 봉사가 성공적이면 성공적일수록 그는 더 많은 부를 확보하게 된다. 이것은 시장 사회에서 봉사할 자유가 만들어낸 현상이다.

거의 비슷한 것을 생산하고 소비하는 곳에서는 그 봉사의 범위가 크지 않다. 소비자의 수가 적으면 봉사의 수량도 적어지게 되고, 봉사에 대한 대가도 작게 된다. 큰 부자가 생겨나기도 힘들다. 그러나 봉사의 범위가 커지게 되면 큰 부자가 생겨날 수도 있다. 지구촌처럼 날씨와 자원 분포가 엄청나게 다른 곳에서는 서로 다른 것들을 가지고 서로에게 봉사할 수 있다. 그래서 무역을 통한 봉사가 큰 부자를 만들어내었다. 한반도 5천년 가난의 역사는 무역에 대한 제약이 사라지고 무역할 자유가 생기게 됨으로써 번영의 역사로 바뀌었다.

자유롭지 않은 상태에서 자유로운 상태로 변화할 때, 즉 자유를 얽매고 있던 제약이 사라져서 자유가 생겨났을 때 이런 기회를 재빨리 활용할 수 있었던 사람들은 부자가 되었다. 조선 시대에는 쇄국정책을 폈고 따라서 무역의 자유가 없었다. 조선의 거상 임상옥은 일 년에 몇 차례 안 되는 사신 행렬을 따라갔고, 청나라의 북경에 가서 인삼을 판매하여 큰돈을 벌었지만 이는 예외적 현상이었고 그것도 로비를 통해서 그 대열에 동행할 수 있었다. 그러다가 한반도가 문명세계에 문호를 연 완전 FTA의 1876년 이후 사정이 완전히 달라졌다. 1883년까지 7년간 무역은 개항 이후 첫 해에 비해 무려 14배나 성장했다. 1894년까지는 1884년에 비해 10년간 수출은 6배 수입은 4배나 성장했다. 이후 1905년까지는 1895년에 비해 10년간 각각 3배 성장했다. 이런 분위기 속에 항구들이 개항될 때마다 신흥 부자들이 생기기 시작했다. 우리가 잘 알고 있는 화신의 박흥식, 경성방직, 동아일보의 김성수 일가 등도 개항 이후 쌀 수출로 엄청난 돈을 벌었던 사람들이다. 박흥식은 이후 스웨덴에서 종이를 수입해서 언론사 등에 공급했고, 나중에 화신백화점을 차려 유통업계의 선두주자가 되었다. 김성수는 부친이 쌀 수출로 이룬 부를 바탕으로 경성방직을 세워 공업화의 선두 주자가 되었다. 이렇게 해서 한반도에서도 시장경제의 모습이 자리를 잡기 시작했다.

대한제국 이래의 자유무역이 통제되기 시작한 것은 파시즘 때문이었다. 1910년 경술국치(한일합방)에도 불구하고 무역량은 늘어났다. 1910년 대한제국을 강제 병합했던 일본 제국주의는 대정(大正) 시대 데모크라시시기를 지나 소화(昭和) 시대 중기에 이르러 파시즘 세력이 권력을 잡게 되고 중일전쟁, 태평양 전쟁의 길로 치닫게 되었다. 이들은 나치의 '민족생활권' 사상을 받아들여 '대동아공영권'을 주장하였다. 1940년대 이후에는 전반적인 경제지표들이 하락하고 사람들의 생활이 어려워졌다. 기업들도 국가가 통제했고, 이익은 전쟁 성금으로 사실상 헌납 받았다.

1945년 미국에 의한 일본의 패망을 계기로 한민족은 드디어 민주독립 국가를 세울 수 있게 되었다. 그러나 상황은 어려움의 연속이었다. 우선 일본과의 단절로 교역 범위는 크게 축소되었다. 게다가 소련의 38선 이북 진주와 통행금지 등 분단 조치가 그나마 있을 수 있던 국내 교역의 범위조차 반 토막 내었다. 일본인들이 운영하던 기업 등을 적산(敵産)으로 몰수했지만, 그저 적산을 몰수한 것만으로는 판매와 무관하였기에 어려움이 나아지지 않았다. 더구나 1948년에 대한민국 건국헌법은 무역을 국가가 통제한다고 함으로써 사실상 조선시대의 무역정책으로 되돌아간 것이나 마찬가지였다. 자유기업주의자이자 자유무역주의자였던 항일독립운동가 출신의 이승만 대통령은 사회주의적 헌법에도 불구하고 토지개혁, 적산불하 등으로 경제민주화를 획기적으로 진전시켰다. 그러나 그조차도 일본에는 강경했고, 국교정상화를 이루어내지 못한 데다, 헌법 무역 조항에는 손을 못 댔다. 여기에 엎친 데 덮친 격으로 김일성의 6·25침략이 있었다.

이러한 난감한 상황의 물꼬를 다시 튼 것이 박정희 대통령이다. 그는 군사쿠데타를 통해서 정권을 잡긴 했지만, 무역할 자유, 기업할 자유에서는 획기적 진전을 이루었다. 그는 사회주의적 건국헌법의 무역 국가통제 조항을 1963년 헌법에서 드디어 무역의 적극적 육성 쪽으로 바꾸었다. 그는 군사쿠데타 초기에는 아시아 아프리카 라틴아메리카 등에서 불던 '내포적 공업화의 길'을 추구했다. 이를 위해 화폐개혁도 하고 제철소도 세우려고 했지만 화폐개혁의 성과는 없었고 제철소도 포기했다. 초기에는 기업가들을 부정부패 혐의자로 체포하기도 했다. 그러나 성과는 없었다. 궁여지책으로 기업가들과의 대화를 통해 기업입국의 길을 걷게 되었다. 뿐만 아니라 기업들이 수출 부문에서 성과를 내자 수출에도 주목하게 되었다. 결국 박정희 대통령은 장기영 한국일보 사장을 경제기획원장관 겸 부총리로 기용하여 무역자유화의 길을 걸었다. 1967년에는 무역에서 열거한 제품만을 수출입할 수 있게 하던 것을 열거한 제품 외에는 모두 수출입할 수 있는 체제로 바꾸었다. 나아가 수출용으로 쓰인 수입물품의 경우 관세를 환급해주고 수출관세를 매기지 않음으로써 가공무역에 관한 한 무관세의 자유무역을 실시했다. 이로써 '자유무역' '수출입국'이 가능해졌다. 마침내 1977년에 수출 100억 달러 고개를 넘어섰다. 1995년에는 국민소득이 1만 달러를 돌파했다. 이제 대한민국은 전 세계 무역량 규모로 볼 때 10위권으로 올라선 부자나라가 되었다.

이처럼 한반도에서 무역의 역사를 살펴보면 무역할 자유가 어떻게 대한민국 번영의 토대가 되었는지를 잘 알 수 있다. 무역이 활발해지면 전반적으로 국민 생활이 나아지고, 무역이 통제되거나 전쟁 상황이 되면 국민 생활이 어려워진다는 것을 한반도의 근현대사가 잘 보여주고 있다.

어떤 사람들은 무역 규모가 커짐에 따라 한국 경제가 대외 의존성을 가지게 된다고 말한다. 그리고 내수에 기대는 내포적 발전을 했어야 한다고 주장한다. 그러나 박정희 정부 초기에 시도했던 내포적 공업화는 단 한 걸음도 진전을 이룰 수 없었음이 증명되었다. 오히려 한국경제는 수출 판매에 성공함으로써 미국 등 해외의 원조에 '의존'하던 것에서 벗어났다. 5천만 국민을 대상으로 경제가 성장할 수 있는 것보다 70억 세계인을 대상으로 경제가 성장할 수 있는 여지가 훨씬 더 크다는 것은 초등학생도 알 수 있는 계산이다. 세계 경제영토가 훨씬 더 크기 때문이다. 초등학생도 알 수 있는 이러한 진리를 왜 지식인 축에 낀다는 일부 사람들이 모르고 아직도 엉뚱한 소리를 하는지 도무지 이해할 수 없다.

무역할 자유, 기업할 자유가 끼친 영향은 과거와의 비교뿐만 아니라 지금 남북 간 비교만 해도 분명하다. 지금 휴전선

남북 간에는 엄청난 빈부격차가 있다. 평등하다는 북한은 엄청나게 가난하고, 불평등하다는 남한은 유복하다. 물론 대한민국에서도 아파트 원리금을 상환하느라, 또 자녀들 성적향상을 위해 학원에 보내느라 힘들다는 말은 나오지만, 그게 힘들다고 그런 고민하지 않도록 과거로 돌아가자는 생각을 하는 사람은 없을 것이다. 고민인 것은 사실이나, 요즘 유행하는 말로 헐벗고 굶주린 지옥 같은 조선, 즉 헬조선(Hell 朝鮮)인 북한에 비하면 행복한 고민인 것이다. 무엇보다도 남북 간의 격차를 가장 잘 보여주는 것은 인공위성에서 찍은 한반도 야경사진일 것이다. 밤만 되면 남한은 전등불로 휘황찬란한데, 북한 지역은 지구상에서 사라지고 만다. 북한이 선전하는 대로 '민족의 태양'(?)이 지배하는 나라라고 해서 그런지 태양이 사라진 밤에는 아예 존재감이 사라진 것 같다.

그럼 이런 차이는 어디에서 왔을까? 그것은 바로 자유가 있느냐 없느냐에서 왔다. 신체의 자유, 거주이전의 자유, 언론출판집회결사의 자유는 물론이고 봉사할 자유, 기업할 자유, 무역할 자유가 있느냐 없느냐는 중요하다. 물론 신체의 권리, 재산의 권리가 그 밑바탕에 있어야 함은 두말할 나위가 없다. 대한민국 헌법에는 이러한 자유와 권리가 맨 앞부분에 권리장

전 형식으로 열거되어있다. 그러나 북한에서는 이러한 내용들이 보장되고 있지 않다. 집단만이 영생하고 개인은 중요하지 않으며, 당의 허락 없이는 거주이전도 언론출판집회결사도 불가능하다. 수령의 한 마디로 고모부 장성택도 고사포에 흔적도 찾을 수 없게 되는 나라다. 재산권은 물론 사기업의 존재가 부정되고 모든 것이 국영기업이니 개인이 시장에서 소비자에게 봉사할 자유도 기업할 자유도 없다. 당연히 무역할 자유도 없다. 북한에는 중국에 의존적인 무역밖에 없다. 그것도 개인들의 무역이 아닌 국가의 무역이다.

이처럼 자유는 부를 만들어내고 부자유는 빈곤을 만들어낸다는 것을 가장 잘 보여주고 있는 사례가 한반도의 과거와 현재의 역사이고, 지금 시대 남북 간의 격차다. 사실 대한민국 건국 이후 자라난 사람은 자유를 너무나 당연하게 누리고 살았기에 이러한 자유와 권리가 얼마나 중요한 것인지, 그 의미를 잘 알기가 힘든 사람이 많다. 하지만 분명한 것은 이러한 비교를 통해서 자유의 의미를 분명히 깨닫고 이를 지키려고 하지 않는 한, 우리의 '선택'에 따라서 언제라도 북한과 같은 빈곤으로 떨어질 수도 있다는 것이다. 번영은 결코 후퇴할 수 없는 것이 아니다. FTA 반대는 무역자유화에 역행하는 주장들이다. 그리고 소비자에 대한 봉사경쟁의 보호가 아닌 봉사정신 및 봉사능력이 덜한 경쟁자의 보호 등은 기업자유화에 역행하는 행위들이다. 이렇게 해서 무역할 자유, 기업할 자유가 위축된다면 그 결과는 번영의 길에서 탈락하는 것이다. 자유 없는 번영은 과거만 깎아먹고 살다가 결국 쇠락의 운명을 겪을 수밖에 없다는 점을 명심하자! 무역에 더 많은 자유를! 기업에 더 많은 봉사의 자유를!

왜 경제개발이 환경보존을 돕는 것일까?

최승노 / 자유경제원 부원장

경제개발은 중요하다. 이 점에 대해서는 모두가 동의를 할 것이다. 그러나 경제는 그 중요성을 인정받는 만큼 호감도가 그다지 높지 않다. 일반적으로 사람들은 썩 내키지는 않으나 '어쩔 수 없이' 경제의 중요성을 인정하는 경향이 있다. 더 나아가 경제를 중요하게 생각하는 스스로를 부끄럽게 여기거나, 심지어 자신의 행동에 대해 죄책감을 갖는 사람들도 더러 있다.

이는 경제에 대한 오해 때문이다. 보통 경제는 속물적인 것이고 탐욕적인 것으로 인식된다. 그저 경제를 통해서는 물질적이고 본능적인 것들만 충족시킬 수 있다고들 생각한다. 예를 들면, 더 많은 돈을 벌고 더 좋은 차를 타는 것 등이다. 반면, 환경이나 안전 등과 같은 인간적이고 자연적인 영역은 경제와 충돌한다고 생각한다. 이는 경제발전은 환경과 안전을 희생하면서 이루어질 수밖에 없다는 오해에서 비롯된다.

실제로 환경 관련 다큐멘터리를 보면 이러한 오해는 심각한 수준이다. 화면에서는 푸르른 하늘과 빽빽한 숲, 그리고 그곳을 껑충껑충 뛰어다니는 산짐승들의 아름다운 장면이 제시된다. 그러다가 시커먼 매연을 빽빽 내뱉어대는 공장과 산비탈에서 마구 나무를 쓰러뜨리고 있는 포클레인의 장면이 나온다. 이를 보고 있노라면, 공장 근로자나 포클레인 기사는 그저 무자비한 저승사자로 느껴진다. 방송 내용은 결과적으로 경제논리가 환경을 파괴한다는 부정적 인식을 시청자에게 심어준다. 이때 환경운동가가 등장해서 먹고 사는 것이 아무리 중요하다고서니, 아름다운 환경을 파괴하고 생명을 해쳐서야 되겠느냐고 말한다. 이러한 잘못된 주장은 일반 사람들로 하여금 죄책감을 가지고 살아가게 만든다. 그리고 이러한 죄책감은 곧 경제성장을 억압하는 정책으로 이어진다.

과연 경제성장과 환경이 서로 충돌한다는 이러한 주장이 진실일까? 그렇지 않다. 오히려 경제논리에 입각했을 때 궁극적으로 환경은 더욱 잘 보존될 수 있다. 물론 환경과 경제개발의 관계는 지엽적으로는 어느 정도 상충할 수 있다. 이것은 우리 모두가 인정하는 바다. 고속도로를 건설하려 할 때 필연적으로 일부 삼림 훼손이 일어난다. 공장과 자동차의 매연은 분명 당장은 대기를 오염시킨다. 하지만 이러한 정도의 부작용을 가지고 '경제 개발은 환경을 파괴한다.'라고 성급히 일반화할 수는 없다. 이것은 우리가 세상을 크게 보지 못했을 때의 오해다.

본격적으로 경제 개발이 시작되기 이전의 자연환경은 어땠을까? 지금 우리가 주위에서 볼 수 있는 푸른 숲이 있었을까? 아니다. 우리나라에서 현재 모습처럼 빽빽한 숲은 박정희 정부 때 녹화 사업을 한 이후에야 생겨났다. 산업화되기 전 우리 산들은 거의 민둥산이었다. 국민들은 산에 올라가 나무를 가져다 땔감으로 쓰기에 바빴다. 하지만 경제 개발을 통해 새로운 에너지원이 각 가정에 보급되었다. 그 결과 우리는 숲을 가꿀 수 있었다. 더 이상 숲에서 나무를 도끼로 찍어서 쓰러뜨릴 필요가 없게 된 것이다. 새들도 자신의 둥지가 바닥에 떨어져 있는 광경을 더 이상 목격하지 않아도 되었으며, 여러 동물들도 나무꾼의 도끼 찍는 소리에 스트레스 받지 않아도 되게 되었다.

경제개발이란 곧 주어진 자원을 효율적으로 활용하는 것을 의미한다. 경제개발 수준이 낮은 상황에서는 특정 수준의 효과를 내기 위해 많은 양의 자원을 필요로 한다. 반면 경제개발이 진행될수록 동일 수준의 결과를 만드는 데 필요한 자원의 양이 줄어든다. 쉽게 말해 과거에는 한 가족이 겨울을 따뜻하게 보내기 위해 열 그루의 나무를 베어야 했다면, 경제성장을 이루면서 한 두 그루만 베어도 되고 점차 나무 없이도 따뜻한 겨울을 보낼 수 있게 된다. 경제개발로 인해 아버지가 힘들게 직접 나무를 베어도 되지 않아도 됨은 물론이다. 이처럼 자원의 효율적 활용이 가능해지면, 환경 파괴의 정도는 줄어들 수밖에 없다.

우리는 환경개선 사례를 잘 알고 있다. 서울 도심을 흐르는 청계천은 경제가 환경을 살린 대표적인 사례다. 처음엔 청계천 복원 공사는 '죽은 하천' 내지 '콘크리트 어항'등을 만들려 한다고 비판받았다. 그러나 현재는 그 어느 하천보다 종(種)도 다양하고 수질도 깨끗하여 누구나 인정하는 도심 속 생태하천으로 자리 잡았다. 오랜 기간 청계천은 사람들이 버리는 각종 하수와 오물이 흐르는 하천에 불과했다. 본격적인 복원 공사가 들어가기 전만 하더라도 청계천은 그저 썩은 하천이었다. 하지만 정교하고 친환경적인 개발을 통해 오늘날의 깨끗한 하천으로 탈바꿈한 것이다. 물고기들은 새로운 보금자리가 생겨서 좋고, 서울시민들은 친환경적인 휴식 공간이 생겨서 좋다. 이처럼 경제 개발은 모두에게 이롭다.

한동안 뜨거운 논란거리였던 천성산 터널 공사도 마찬가지다. 당시 경제 개발이라는 인간의 이기심 때문에 애꿎은 도롱뇽들이 죽어나가야겠느냐는 목소리가 컸다. 환경운동가들 뿐 아니라 한 스님이 단식투쟁까지 하면서 천성산의 도롱뇽을 지키자고 호소했다. 터널 공사를 하면 도롱뇽들은 모조리 죽고 아름다운 천성산이 모두 파헤쳐 질 것만 같았다. 하지만 공사가 끝난 이후 도롱뇽들은 어떻게 됐을까? 천성산의 자랑이었던 습지는 모두 보존되었다. 각 웅덩이마다 도롱뇽들이 가득했으며 오히려 가재, 개구리 등의 개체 수도 증가했다. 과학적이고 친환경적인 개발로 오히려 공사 이후 자연환경이 더욱 풍성해진 셈이다.

환경을 희생하면서 까지 경제개발을 해야 하겠냐는 부정적 주장은 근시안적이고 시대착오적이다. 그냥 자연을 그대로 내버려 두는 것이 환경을 보존하는 것이 아니다. 경제 개발을 통해서 더 적극적으로 환경을 보존할 수 있다. 또한 인간과 환경은 얼마든지 공존할 수 있다. 무엇보다 우리가 현재 환경에 예민하게 반응한다는 것 자체가 경제 개발이 어느 정도 이루어졌기 때문에 가능한 것이다. 전반적으로 경제의 발전으로 인간의 기본적 욕구가 충족되자, 사람들의 환경에 대한 욕구가 높아졌다. 그리고 그러한 욕구를 실현시킬 수 있는 여러 기술도 개발되었다.

장님 여섯이서 코끼리를 만지면 당연히 오해가 생긴다. 다리를 만진 사람은 코끼리를 커다란 기둥으로 판단할 것이고, 귀를 만진 사람은 커다란 부채와 같은 모습을 떠올릴 것이다. 경제와 환경의 관계도 마찬가지다. 매순간 우리는 자동차의 매연과 산을 깎는 포클레인을 마주한다. 이를 보고 우리는 장님들처럼 경제 개발이 환경을 파괴한다고 오해할 수 있다. 하지만 부분만 보고 전체를 판단할 수 없다. 좀 더 넓게 종합적으로 살펴보자. 경제는 환경 보존을 돕는다. 서로 상충관계라고 하기보다 서로 보완하는 관계라고 할 수 있다. 경제성장을 통해 푸른 숲을 더 푸르게 하고, 환경은 더 쾌적해 진다.

무식한 상사 밑에서 겪는 깊은 빡침에 관하여

이웅희 / 한양대 교수·경영학

나쁜 상사의 유형에도 각양각색이 있겠지만, 많은 직장인들이 조직에서 가장 기피하는 유형이 바로 '멍청하면서 부지런한' 유형의 상사라고들 하죠. 이미 세간에서는 똑똑하고 게으른 상사가 가장 좋고 (일명 '똑게형' 상사), 멍청하고 부지런한 상사(일명 '멍부형' 상사)가 제일 나쁘다는 말이 오랫동안 유행했었습니다.

근데 여기서 멍청한 상사란 진짜 아무것도 모르는 사람을 이야기할까요? 멍청한 상사란 지식이 아주 없는 사람들이 아닙니다. 통상 그 위치까지 가려면 완전히 바보들은 아니겠죠. 오히려 지식이 있으나, 잘못되고 편향된 지식에 사로잡혀있는 경우가 더 많을 겁니다. 우리는 잘못되고 편향된 지식을 가진 리더의 지배를 받을 때 우리의 자유가 제한됨을 느낍니다. '이건 정말 아닌데~'라고 느끼면서도 상사의 지시에 따라야 하는 기분…. 직딩(직장인)들은 이미 다 아시겠죠? 리더의 잘못된 지식은 우리 자유를 크게 침해합니다. 소위 '뭣도 모르는 상사'가 추진하는 말도 안 되는 프로젝트에 군말 없이 참여해야 하거나, 심지어 그 무지한 상사가 나에 대해 내린 평가가 내 인사고과와 직결된다고 생각할 때 대부분의 직장인들은 가슴속에서부터 끓어오르는 깊은 '빡침'을 느낍니다.

한 예로, 어느 음료수업체의 한 고위경영자가 계신데, 그 분은 과거에 A라는 음료수의 성공전략에 크게 기여하여 현재 그 자리에 오른 분입니다. 그런데 지금은 소비자들의 입맛과 취향이 변해서 과거와 같은 방식으로는 성공하기가 힘든 상황이 되었습니다. 그래서 직원들은 새로운 시장에 관한 지식에 기초해 신제품을 제안하지만, 과거의 성공에 젖어있는 그 리더는 자신의 철학(또는 지식)을 고집하여 직원들의 안을 묵살하고 자신만의 스타일을 고집합니다. 밑에서 일하는 사람들은 이럴 때 매우 힘듭니다.

물론 스티브 잡스와 같이 독불장군 형으로 밀어붙여 성공한 경우도 있습니다. 그러나 모든 사람이 그런 성공을 보이는 것은 아닙니다. 그리고 바로 그렇기 때문에 스티브 잡스가 희귀하고 유명한 것입니다. 스티브 잡스가 언론에서 유명해진 이래로, 자기 자신을 스티브 잡스의 부활이라고 믿고, '나를 믿고 따르라'라는 분들이 회사마다 한두 분씩 계실 겁니다. 그런 분들의 아이디어가 모두 나쁜 것은 아닙니다. 그러나 스티브 잡스 같은 인재가 모든 회사마다 매년 몇 명씩 배출되는 것도 아니기에, 현장과 직원의견들을 무시한 상사의 독단적 의사결정은 잘못된 결과를 가져올 수 있습니다 (이런 상황에서 독단적 상사 밑의 노련한 직딩들은 속으로는, '제길, 스티브 잡스 다 죽었냐?'라고 빈정대면서도, 상사를 쳐다보는 얼굴엔 진정 깜짝 놀랐다는 표정을 담으며, '왜 저희는 이런 생각을 진작 못했을까요?'라는 멘트를 자연스럽게 날리겠지요.) 이런 '짝퉁 스티브잡스형 리더'로 인한 조직의 피해도 만만치 않으리라 봅니다.

둘째 예는 부정확하고 편향된 지식에 의한 '평가'의 문제입니다. 바로 이전의 사례에서 그 음료수회사 고위임원이 자신의 잘못된 판단에 따라 부하직원들을 평가한다면 오직 그와 비슷한 편견을 가진 사람들이나, 혹은 진실을 숨기고 아부하는 사람들에게만 높은 고과를 주고 입바른 말을 한 사람은 도태될 것입니다. 또 다른 예로 어느 대학에 CEO출신 총장이 취임했다 가정합시다. 과거 철학책 한권도 안 봤던 그 총장이 "철학은 대중과 너무 멀어지고 있어. 모든 것은 상식적으로 판단해야해!"라며, 자신의 상식(또는 무식?)에 따라 만든 새로운 교수평가 기준과 교육방침을 모든 철학과 교수들에게 강요한다고 생각해 보십시오. 이것은 무식한 한명의 평가기준에 의해 모든 교수와 학생들의 학문의 자유가 침해당하는 비극입니다.

위 두 케이스 모두 리더는 '현장의 지식' 또는 '현장전문가의 지식'을 무시하고 자신의 짧은 지식에 의해 사업을 기획하고, 또 구성원들을 평가하는 큰 오류를 범하고 있습니다. 제 아무리 똑똑한 사람이라도 모든 의사결정에 필요한 모든 지식을 다 갖출 수는 없습니다. 이 세상에 완벽한 지식을 가진 사람은 없기 때문이죠. 설령 현재 가장 완벽한 지식을 가졌다고 하더라도, 요즘 같이 사회가 복잡다단하고 빨리 변하는 상황에서는 하루만 지나도 그 지식은 틀린 지식이 됩니다. 그래서 계속 현장을 주시해야 하는데, Top으로 올라갈수록 현장에서 관측되는 지식을 접하기가 어려워집니다.

이런 지식의 문제를 풀기위해 조직에선 '분권화'를 합니다. 현장에서 변화하는 현장지식을 접하는 직원들의 의견을 주의 깊게 듣고, 때론 권한을 이양하는 겁니다. 분권화란, "필요한 지식이 있는 곳에 의사결정권을 부여"하여 시시각각 변하는 현장지식을 최대한 활용하려는 데에 목적이 있습니다. 만약 어떤 회사에서 사장이 회사운영에 필요한 지식을 가장 많이 가지고 있다면 사장이 모든 의사결정을 다 도맡아서 하면 됩니다. 사장이 독재를 해도 사람들이 큰 불만이 없을 겁니다. 왜냐하면 그 독재자가 가장 똑똑한 사람이기 때문이죠. 그런데 이런 것은 아주 작은 벤처 같은 경우에나 해당되는 극히 예외적인 이야기입니다. 그 회사의 규모가 점점 커져 재벌과 같은 구조가 된다면, 의사결정을 점차 분권화하는 것이 유리합니다. 그 이유는 의사결정에 필요한 지식이 Top에 있는 것이 아니라 현장에 있기 때문이죠.

그럼 분석규모를 더 키워 재벌이 아니라 경제전체를 아우르는 정부로까지 확대해 볼까요? 여기서는 정부가 궁극적 상사입니다. 나머지 경제참여자들은 전부 부하직원입니다. 만약 정부가 경제의 모든 것을 주도해 계획하고 실행한다면 어떨까요? 짐작하시겠지만, 아마도 이런 독불장군 정부는, 독불장군형 CEO가 초래했던 지식문제의 몇 천만배의 지식문제를 발생시켜 경제자체를 혼란으로 빠뜨릴 것입니다.

아시겠지만 여기서 독불장군 정부는 바로 사회주의 계획경제체제입니다. 정부주도로 모든 경제문제를 해결하려는 시도이죠. 경제문제를 풀려면 적절한 자원을 투자하고 배분해야 하는데, 시장에는 수천만 개의 제품군들이 있습니다. 정부가 그 많은 제품의 자원배분에 필요한 현장지식이 있을까요? 예를 들어 정부는 2016년 3월 5일 충청도 제천지역에서 몇 명의 시민들이 탄산음료를 원하는지 알 수 있을까요? 이런 지식은 아주 지역적으로 특화되어 있을뿐더러, 그 지식이 금방 변하기도 합니다(3월 5일에는 2만 명이 원하지만, 3월 25일에는 3만 명이 원할 수도). 또한 정부는 2016년 3월 15일 밤 12시에 몇 대의 택시가 강남에 필요한지 알 수 있을까요? 이 지식도 공간적으로 특화되어 있고, 시간적으로 변화무쌍합니다. 오직 그 현장에 인센티브를 가지고 오래 지켜본 사람들만이 대충 예측할 수 있는 지식들입니다. 우리가 시장의 수요에 맞춰 공급하는 경제활동을 하려면 사실 가장 필요한 지식들이 위와 같은 것들인데, 정부는 이런 분산되어 있고, 현장에 특화되어 있는 지식들을 알 수가 없습니다. 물론 정부도 약 4~5개 정도의 품목에 대해서는 거의 완벽한 지식을 보유할 수 있을지는 모르겠습니다. 하지만, 사회가 요구하는 제품의 개수가 그것보단 많지 않겠습니까?

반면, 시장은 분산된 시스템입니다. 시장의 각 섹터에 분산되어 있는 크고 작은 기업들이 각자의 환경에 알맞은 현장지식을 파악해가고, 현장의 문제를 해결해주면서 이윤을 추구하는 시스템이죠(충북 제천의 한 마트의 음료수 담당직원과 서울 한 콜택시의 콜센터 여직원은 위의 질문에 대충 대답할 수 있을 것입니다). 특히 시장에서 자발적으로 형성된 '가격'은 현장 지식이 집약되어 있는 일종의 지표입니다. 가격이 높다는 것(또는 가격은 비슷하나, 이윤이 높다는 것)은 그 지역에서 공급이 부족하다는 뜻입니다. 만약 정부가 이 가격정보를 무시한 정책을 편다면 그것은 현장의 지식을 무시하는 것이 되는 거겠죠.

그러나 대한민국은 사회주의 경제체제가 아니기에 정부가 경제의 모든 걸 좌지우지하지는 않습니다. 하지만 비록 국가개입이 간혹 비효율을 낳을지라도, 우리를 비롯한 대부분의 자유진영 국가에서도 국가개입은 종종 이루어집니다. 모든 최고경영자가 무식하지 않듯이, 모든 국가개입이 무식한 것은 아니기 때문입니다. 오히려 국가는 어떤 특정분야에서는 시장보다 지식이 많고, 시장이 못하는 것들을 척척 해 나갈 수도 있습니다. 따라서 모든 국가개입은 잘못되었다는 일방적 논리도 현실적으로나 이론적으로 맞지 않는 주장입니다. 지식관점에서 보면 국가도 지식을 갖고 있고, 시장도 지식을 갖고 있는 경우가 있기 때문이죠. 국가의 지식이 시장을 앞서면 국가가 나서고, 만약 시장의 지식이 우월하면 시장이 나서는 게 원론적인 답일 겁니다. 이것이 바로 지식관점에서 본 자유주의입니다. 우리가 열등한 지식이 아니라 우월한 지식에 의해 지배를 받을 때 우리의 자유와 번영이 극대화될 것입니다. 과거 대한민국의 60~70년대에는 시장경제의 인프라가 약했었습니다. 오히려 공무원 중에 엘리트가 많았고 국가의 비전(지식)이 민간보다 더 우월했기에 국가가 민간 기업을 끌고 가는 경제성장이 가능했을 것입니다. 만약 시장만이 옳다면, 과거 대한민국 경제발전의 찬란한 역사를 설명하는 데는 분명 한계가 있을 것입니다.

그러나 현재는 국가가 나서서 경제발전을 하는 시대는 지났습니다. 사회가 각 분야에서 복잡다단하게 발전되어 성공에 필요한 세부지식이 너무나도 전문화되었기 때문입니다.

이제는 민간분야의 지식이 국가의 지식을 넘어서고 있습니다. 예를 들어 국가가 '창조경제'란 구호는 내걸 수는 있겠지만, 실제로 정부가 나서서 창조와 혁신을 하는 것은 아니지요. 그 실질적 역할은 분권화된 벤처들의 몫입니다.

하지만 아직도 우리 주위에 정부주도 경제의 문제점은 자주 발견됩니다. 간혹 지방에 갈 때마다 고철같이 방치되어있는 경전철이나, 휑하니 비어있는 전시행정의 잔재물들을 봅니다. 그때마다 그 사업을 주도했던 단체의 장들이(대부분 그런 사업 경험과 지식이 없었을 겁니다), "나를 따르라!"며 외치는 모습이 그려지고, 그 밑에서 숨죽이며 따르는 부하직원들의 난감해하는 모습과 오버랩 되곤 합니다. 아직도 짝퉁 스티브 잡스들은 도처에 널려 있습니다.

그러나 세상 그 어느 곳보다도, 모든 것이 한 배불뚝이 리더의 잘못된 지식에 의해 움직이는 북한이야말로 국민들 모두가 극한의 '빡침'을 겪고 있는 나라가 아닐까 생각해봅니다. "만국의 지식노동자여 단결하라!" 바로 지식독재로 자유를 잃은 북한 주민들에게 필요한 말입니다.

누가 사람들을 '약자'로 만드는가

전희경 / 국회의원

처음 보는 낡은 나무대문이 푸근한 집이었다. 이제부터 우리가 살게 될 집이라고 엄마가 말씀해주셨는데, 비장한 엄마 목소리와 달리 대문 너머 새로운 세상이 궁금해 나는 살짝 들떠 있었다. 김씨네 문간방이 우리집을 부르는 호칭이었다. 주인네가 쓰는 안채를 중심으로 빙 둘러 셋방들이 있었는데 그 중 하나로 이사를 오게 된 건 아빠가 하시던 사업이 망했기 때문이라고 짐을 나르던 막내이모가 설명해주었다. 서울 3층짜리 양옥에 식모를 둘이나 두고 살다가 졸지에 벼락을 맞은 엄마는 곧 다시 원상복구가 될 거라며 창고를 빌려 세간들을 맡겨두고는 '임시'거처에 정을 붙이지 않으려 애쓰셨다. 엄마에게는 미안하지만 나는 낡은 문지방을 넘어서면서부터 그 집이 마음에 들었다. 여러 집이 모여 있다보니 함께 놀 친구들이 넘쳐났다. 아빠가 사우디아라비아로 일하러 간 집, 할머니가 타지에서 일하는 부모를 대신해 손주들을 키우는 집, 젊은 신혼부부 집, 미군부대 다니는 아저씨네 집, 공장 다니는 언니네 집까지 여러 사연들이 방방마다 빼곡하게 들어차 있었다. 아침에 흩어졌다 저녁이면 모여들어 시끌벅적 말소리가 섞이고, 음식냄새가 맛있게 합쳐지던 김씨네가 내 어린 시절 기억의 시작이었다. 그 동네 아이들에게는 불문율이 있었는데 낯선 사람이 누군가의 집을 아냐고 물으면 무조건 모른다고 하는 것이었다. 빚을 지고 도망쳐온 사람들이 많아 그렇다는 것은 나중에 알았다. 정말 보잘것없이 가난하고 초라한 동네, 요즘 표현으로 '사회적 약자들'의 거처가 그곳이었다.

그렇게 못사는 동네에 아이들은 참 많았다. 코흘리개 어린 아이부터 초등학생, 중학생, 고등학생까지 집집마다 학생 없는 집이 없었다. 부모들이 생계에 바쁘다보니 아이들은 주로 동네 공터에 모여 함께 놀았다. 흙바닥에 줄 몇 개만 그리면

놀이공간이 생겨났다. 이쪽저쪽 편을 나누어서 뛰어다니다보면 해가 기울고, 여기저기서 아이들 이름이 불렸다. 저녁밥을 지어놓고 자식들을 불러들이는 소리가 얼마나 포근했던지 어린 마음에도 공연히 코끝이 찡해지곤 했다. 정말 열심히 아이들을 키우는 동네였다. 엄마들은 과외나 학원은 엄두도 못냈지만, 낡은 옷이라도 깨끗하게 빨아 입혀 학교에 보내면서 아이들 장래에 염원을 실었다. 숙제를 봐줄 실력도 처지도 아니기에 상급생들을 아이스크림, 과자로 꼬셔서 자식들과 엮은 후 어깨너머 공부를 시켰다. 동네 어귀 평상에서 나물 다듬던 할머니들은 학교에서 돌아오는 아이들에게 고생 많았다는 격려를 아끼지 않았다. 80년대 초, 대한민국 경제는 놀라운 성장률을 기록하며 고공행진을 시작했지만 우리 동네는 여전히 낙후된 곳이었다. 행상을 전전하거나, 미군부대 물건을 뒤로 빼돌려 팔거나, 양말공장 보조일을 하거나, 막노동판에서 일하는 사람들이 어깨를 부대끼며 살았다. 가끔씩 부부싸움 소리, 아이들 혼내는 소리로 좁은 골목이 소란스러웠는데, 궁금할 새도 없이 이튿날이면 일의 자초지종이 온 동네에 소문이 났다. 외견상 그 동네에 희망은 없었다. 뭔가 기적이 벌어지기 전에는 그들의 삶이 새로운 전기를 맞는 것이 불가능했다. 배운 것도, 종자돈도 없는 그들은 어떻게 되었을까.

6년여 시간을 거치는 동안 우리집은 문간방을 면했고, 이후 자그마한 옆집을 사서 이사했다. 내가 중학생이 되었을 때는 그 지역에서 형편이 좀 나은 동네로 이사를 나왔다. 이즈음 우리처럼 동네를 떠난 이들도 많았다. 부모의 직장을 좇아 옮긴 집, 더 큰 곳에서 장사를 해보겠다고 떠나간 집, 중학생이 된 아이들 공부를 위해 서울로 이사 간 집 등 작은 동네에 많은 변화가 있었다. 내가 대학생이 되면서 우리집은 서울로 이사했는데, 돌이켜보면 엄마가 '임시'거처라고 생각했던 곳과 이별하는 데 15년이나 걸린 셈이었다. 성공을 보장받고 떠난 이들은 없었다. 다들 '지금보다야 못하랴'라는 오기로 떠났다.

그 오기는 결국 그들의 삶을 바꿔놓았다. 문간방에 세들어 살던 사람들이 어엿한 집주인이 됐다. 초등학교도 제대로 못 나온 게 한이라던 아저씨는 아들이 국내 최고의 대학에 들어가 대기업을 거쳐 자기 회사를 차리자 세상에 더 이상 부러울 것이 없다고 했다. 미군부대에서 일하던 아저씨네는 음식점을 차려 큰 성공을 거두었는데, 못살던 그 시절에도 기품이 있었던 그 댁 아주머니는 말 그대로 '사모님' 소리를 듣게 되었다. 그때 그 시절, 우리들은 세상의 기준으로는 '사회적 약자'

였지만 결코 나약하지 않았다. 내 자식들은 나보다 더 나은 사람을 만들어볼 것이라는 결의가 가슴에 불을 지폈다. 남 탓하고 사회 탓할 시간이 없었다. 오늘은 오늘만큼의 최선을, 내일은 그보다 조금 더 최선을 다할 뿐이었다. 자신이 처한 현재가 다가올 미래까지 규정짓도록 방치하지 않았던 사람들은 결국 꿈을 이뤘다.

사람들은 나약하지 않다. 그들 내면의 자존감과 성취동기가 얼마나 높은지, 나는 가장 남루하다고 할 수 있는 동네에서 함께 살면서 지켜봤다. 그때 나의 이웃에게 필요했던 것은 아침에 눈뜨면 나가서 일할 수 있는 일자리였으며, 학교 가는 아이들의 뒷모습만 봐도 흐뭇해지는 국가교육에 대한 신뢰였다. 그들 누구도 자신의 삶을 정부나 사회에 의탁하겠다고 나서지 않았다. 그들은 정부가 그쯤이면 됐다고 하는 수준보다 훨씬 잘살고 싶은 사람들이었고 실제 그 꿈을 실현했다. 정치권이 앞장서 아무 곳에나 '약자' 낙인을 찍어대고, 얄팍한 위로나 건네는 사회는 병들 수밖에 없다. 복지, 상생, 조화를 표방하며 선심 쓰듯 나누어주는 돈은 국가 곳간만 비울 뿐, 누군가의 곳간을 불려놓지 못한다. 가난으로부터 국민을 구출하지 못하는 것은 물론 근근한 연명에 길들여지도록 한다. 국가가 집중해야 할 것은 일하고 싶은 사람은 일하게 하고, 미래세대가 희망이 될 수 있도록 제대로 교육하는 것이다.

누군가는 내게 어려운 사람들의 처지를 모르거나, 외면하는 냉혈한이 아닌가라고 비난할 것이다. 그럼 나는 김씨네 문턱을 지나 좁은 마당, 다닥다닥 붙은 셋방들 앞으로 그들을 안내할 것이다. 문간방 사람들이 누가 또 빚을 받으러 온 것 아닌가 숨을 죽이다가, 잠시 후 빠끔히 얼굴을 내밀 것이다. 그러고는 각자 일터로, 학교로 또 바삐 걸음을 옮기겠지. 떠들썩하게 서로를 격려하는 말들이 마당에 가득할 것이다. 보라. 저들이 당신들이 말하는 약자인가. 내 소중한 이웃들은 그때도, 지금도 당신들이 생각하는 것처럼 약하지 않다. 그러니 그들을 그냥 두시오.

'새날'은 자유주의 속에서 구현된다

이근미 / 소설가

나는 남보다 늦은 나이에 대학생이 되었다. 소련이 무너지기 직전, 대학은 구호와 최루탄으로 인해 소란스럽고 탁했다. 고등학교를 막 졸업한 보송보송 동기들은 입학하자마자 운동권에 스카우트 되어 학업대신 '학습'을 하고 노트 필기 대신 '대자보'를 쓰느라 수업에 들어올 여력이 없었다.

한 학기가 지나지 않아 윗동네를 가슴에 품은 전사들은 아직 포섭이 안 된 친구들을 설득하러 나섰다. 기숙사에서 한 학기를 지낸 뒤 '창작'을 핑계로 학교 주변에서 자취를 했던 지방학생들은 거의 대부분 운동권이었다. 여학생들도 예외는 아니었다. 나이 탓에 스카우트 되지 못해 '독자노선'을 걷던 내가 어느덧 타깃으로 떠올랐다.

한 집에 모여 푹 끓인 참치김치찌개로 밥을 먹을 때면 친구들은 나를 안타까운 눈으로 바라봤다.

"언니, 얼마 전 평양에 다녀온 루이제 린저가 증언했잖아. 최고 수준의 산원에서 낳은 아이를 탁아소에 맡긴 여성들이 자아실현 하는 사회라는 거. 지금 우리나라는 빈부격차가 심해 병원에 못가고 죽는 사람도 있잖아. 저쪽은 다 같이 일해서 똑같이 나눠 쓰니까 배고픈 사람도 없고 너무 많이 가진 사람도 없어. 우리도 그런 좋은 나라를 만들어야지."

'적, 적'을 붙여가며 운동권 문투로 이론을 펼치는 어린 친구들의 학습량은 탄복할만했으나 도무지 납득이 되지 않았다. 한참을 들은 내가 "아무리 생각해도 같이 벌어서 같이 나눠쓴다는 건 말이 안 돼. 세상에는 직업도 다양하고, 한심한 날탱이들도 많아."라고 말하면 친구들은 지치지도 않고 주장을 펼쳐댔다.

"언니는 자본주의 사회에서 교육받아 사고가 자본주의식으로 고착화됐어. 그래서 쉽게 이해가 안 되는 거야. 그러니까

같이 공부하면서 새로운 세상을 만들어보자."

그간의 상식과 나의 본성에 비춰 다시 고려해봤지만 함께 일하고 똑같이 나누는 공평한 사회는 아무리 생각해도 개떡 같은 소리였다. 그 친구들에게 "일이든 공부든 열심히 해서 남들보다 앞서고 싶고, 실한 열매를 따고 싶은 게 사람 본능인데, 그런 식이면 세상은 맹탕이 되고 말거야"라고 말하면서도 나는 'PD' 계열의 서클에 가입했다. 때때로 백골단의 눈에 띄지 않는 안전한 뒤편에서 팔을 쫙쫙 뻗어가며 시위도 했다. 지방 출신 자취생끼리의 의리도 있었고, 글을 쓰려면 이것저것 다 알아야 한다는 생각에서 함께 했지만 '시장이 필요 없는 배급사회'를 강조하는 이론은 끝까지 납득되지 않았다. 모두가 공장에 다니거나 농장에서 일해야만 가능한 '평등사회'는 부자연스럽고 부자유스럽기 그지없다는 생각만 들었다.

외지의 고등학교에 가고 싶었던 나는 울산에서 진학하라는 부모의 뜻에 반발해 몰래 고교입시에 응하지 않았고, 탱자탱자 놀다가 친구 따라 강남이 아닌 공장에 들어간 이력이 있다. 한때 공부의 끈을 놓치는 바람에 대학진학이 늦어진 것이다. 그때 경험이 장편소설 『17세』의 소재가 되었으니 '공평'과 '획일'

은 인생의 여러 변수를 헤아리지 못하는 허울임에 틀림없다.

1등 합격을 하고도 키가 미달되어 입사가 무산될 위기에서 가까스로 고졸들이 근무하는 실험실로 배치됐던 나는 나중에 옆 사무실 왕고참 언니의 눈에 들어 그쪽으로 옮겨갔다. 언니를 따라다니며 현장 사람들과 자주 만났는데 당시 직원들이 눈에 불을 켜고 따지는 것이 있었으니, 다름 아닌 '공수(工數)'였다. 자기가 일한 시간이 단 한 시간이라도 누락되면 반드시 항의를 했기 때문에 김양 언니는 많은 직원의 공수를 계산하느라 월급날이 가까워오면 신경이 날카로워졌다. 한 시간이라도 일을 더하고, 내 것은 반드시 찾아 먹는 것이야 말로 원초적 본능이 파생하는 행복이리라.

교회반주자가 꿈이었던 엄마 등에 떠밀려 배운 피아노로 20대 때 차린 학원은 학습과외금지 조치로 인해 어부지리 호황을 누렸다. 밥상 펴놓고 애들을 가르쳤던 아줌마들은 하루아침에 실업자가 되었지만 피아노 학원은 거의 독점적 지위를 누렸다. 피아노를 더 들여놓고 몰려오는 아이들을 레슨 하여 번 돈은 '메이커'를 둘둘 감고 친구들과 울산 시내를 누비는 일에 써버렸다.

학교에서 친구들이 '공평한 분배' 얘기를 할 때 종일 아이들과 씨름하여 번 내 돈을 끈 떨어진 과외아줌마들과 나눈다는 건 말이 안 된다는 생각만 들었다. 무엇보다도 그 아줌마들이 나와 똑같이 종목으로 노동할 수 없다는 것부터가 난관이다. 똑같이 나누는 건 둘째 치고 무슨 수로 똑같은 종류의 일을 할 수 있단 말인가. 노상 '노동자와 농민'을 외치며 대한민국에는 청계천 노동자만 있는 줄 아는 친구들은 울산의 석유화학단지와 자동차, 조선소, 정유공장에서 내뿜는 휘황한 불빛은 알려고도 하지 않았다.

나는 조용한 도시에 살다가 초등학교 4학년 때 울산으로 이사 가서 천지가 개벽하는 수준의 변화를 겪었다. 비슷비슷하게 살던 예전 동네와 울산의 환경은 천양지차였다. 대규모 생산 공장과 관련된 일거리가 널려있던 울산은 부지런히 움직이면 잘 먹고 잘 사는 게 어렵지 않은 동네였다. 그런데도 술만 마시고 퀭한 눈으로 노름을 일삼는 동네 아저씨들이 있었다.

그런가하면 돌산 옆의 큰 우물가에서 본 근육질의 '돈내기 아저씨'들은 어린 우리들에게 '시장경제'를 피부로 체득하게 만들어 주었다. 돌산을 다이너마이트로 발포한 뒤 돌덩이를 바다에 던져 넣는 아저씨들은 두 부류로 나뉘었다. 하루 일당을 받는 아저씨와 돌짐을 진 횟수만큼 돈을 받는 '돈내기 아저씨'로. 한 달에 한 번 전표를 바꿀 때 일당 받는 아저씨들의 월급은 언제나 뻔했다. 하지만 돈내기 아저씨들은 일당 아저씨들의 두세 배를 벌었다. 만약 일당 아저씨들만 있었다면 울산의 부두들은 그렇게 빨리 완공되지 못했을 것이다.

공장이 속속 들어서면서 아버지들은 웬만하면 울산의 공장이나 하청업체에 취직이 되었고 엄마들까지 산업현장에 나가 일을 했다. 억척스런 엄마들은 일당이 높은 힘쓰는 일을 하거나 2교대 냉동 공장에서 야간근무만 했다. 통 큰 아줌마들은 공장에 납품하는 일도 하고, 공장의 식당 운영권을 따내기도 했다. 새로운 현장이 생기면 큰 천막을 치고 밥집을 운영하는 아줌마도 있었다.

그게 아니면 조개를 캐거나 파래를 뜯어 시장에 내다 팔았다. 말린 파래는 돈을 더 쳐주기 때문에 아이들도 한 장에 20원씩 받는 파래 널기 아르바이트를 했다. 온 동네 가마니마다 어린 우리가 붙어서 널어놓은 파래가 파랗게 익어갔다. 내가 일한만큼 돈을 벌 수 있기 때문에 모두들 열심히 일했고, 그런 억척이 울산 공단을 돌아가게 했으며, 우리나라를 발전시켰다.

북한에서 농장을 운영한 적이 있는 선교단체 목사를 인터뷰했을 때 들은 말이다. "농장에 와서 시간만 채우면 되기 때문에 아무도 열심히 하지 않는다. 열심히 해도 자기가 가질 수 없으니 그럴 수밖에 없다"고 했다.

해외 각국에서 일하는 북한 사람들은 임금의 90%를 원천징수 당한다고 한다. 개성공단 노동자들의 임금도 70% 이상을 당국에서 미리 가져가 버렸다. 그렇더라도 해외나 개성공단에서 일하는 노동자들은 행운아라고 하니 안타까운 일이다.

프리랜서인 나는 원고료를 받을 때 3.3%를 원천징수 당하지만 종합소득세 신고 때 공제받을 사안이 많으면 환급을 받기도 한다. 원고료의 90%를 원천징수한다면 시간만 때우면 되는 업종으로 바꿔 '일하는 척만 하는 인간'이 되고야 말 테다. 깨진 독에 물 붓기를 시키는, 자기 의지로 아무 것도 할 수 없는 부자유스런 세상을 빨리 복구시켜야 한다.

대학 때 '새날이 올 때까지 흔들리지 말자'던 동기들은 자유대한민국에 굳건히 뿌리내리고 흔들림 없는 전진을 하고 있다. 얼굴책에서 '보수꼴통'들을 향해 비웃음을 날리는 것으로 대학 시절 받은 지령을 수행하고 있지만 더 이상 '새날'을 기다리는 것 같지는 않다. 증오해마지 않던 자본주의에 본때를 보이려면 이쯤에서 재산을 공평하게 나눠준다는 호기로운 공표 정도는 하는 게 맞는 수순일 텐데, 기다려도 고물이 떨어지지 않아 아쉽다. 아마도 '본능' 운운했던 대학시절의 내 얘기가 뒤늦게 이해되었는지도 모르겠다.

가르쳐주지 않아도 태어나면서부터 알고 있는 생득적 행동능력(生得的行動能力), 본능에 충실한 삶이야말로 자유주의이다. 똑같이 일하고 똑같이 나누는 일로 생산성을 떨어뜨리기보다, 선한 영향력을 발휘하겠다는 각오로 열심히 달리는 것이 훨씬 아름답다. 본능과 정 반대의 길, 그 부자유스러움 속에서는 밭을 망가뜨리는 잡초만 무성해질 뿐이다.

외할머니 떡도 커야 사먹는다

이애란 / 자유통일문화원 원장

한국에 와서 생활한 기간이 약 20년을 거슬러 간다.

북한에서 30년 이상을 살면서 사회주의 제도의 우월성과 자본주의 제도의 나쁜 점에 대해 교육을 받았다. 사회주의의 우월성은 골고루 잘 먹고, 잘산다는 것이었고, 국가가 다 알아서 해주기 때문에 개인들은 전혀 일신상의 생활문제에 신경을 쓰지 않아도 된다는 것이었다. 그리고 국가는 개인들을 출신성분과 여러 가지 종류의 차별제도를 만들어 계급과 계층으로 분류하고, 계급과 계층에 따라 상품의 품질과 양을 정해서 나누어 주었다.

개인들 간의 거래는 불법이었고, 혹시라도 물물거래나, 물건을 사고 파는 행위가 당국에 적발되면 비판무대에 올라서서 심하게 비판을 받거나, 직위해제를 당하거나, 심한 경우에는 징역을 살기도 했었다.

그러면서 북한은 자본주의는 인간의 정신이 썩고 병이 들었다고 하면서, 부익부 빈익빈의 사람 못살 곳이라고 하면서 자본주의 사회는 돈밖에 모르는 사회이고, 돈이 모든 것을 지배하는 황금만능의 사회라고 교육했다. 그리고 자본주의 시장은 그야말로 사람(노동력)까지도 사고 파는 곳이고 모든 것이 상품이 되어 거래가 되기 때문에 그곳에는 양심도, 염치도, 분별도 없다고 했다.

그러다가 한국행을 하게 돼서 그야말로 자본주의 시장의 한복판에 낙하산을 타고 내려앉게 되었을 때, 가장 큰 걱정은 땡전 한 푼도 없이 어떻게 살아갈 것인가 하는 것이었다. 너무 무섭고, 불안했고, 그냥 돈을 많이 벌어야 하겠다는 생각과 돈을 빨리 벌어야 하겠다는 생각만 앞섰다.

대부분의 탈북민들은 아마도 나와 비슷한 생각을 할 것이라고 생각한다. 돈을 많이 벌었으면 좋겠고, 돈을 빨리 벌었으면 좋겠고, 자본주의 사회에서는 일확천금이 가능할 것이라고 착각을 하게 된다는 것이다. 이것이 얼마나 위험하고 무서운, 잘못된 생각이었는가에 대해 깨닫는 데는 상당히 많은 시간이 걸렸다.

약 20여 년간 자본주의 시장경제체제에서 짬밥을 먹으며 보니 그런 생각이 정말 어처구니 없는 생각이었다는 것과 우리가 살고 있는 시장경제체제는 사실상 돈으로만 사는 곳이 아니고 신뢰와 신용으로 사는 체제라는 것이었다.

시장경제체제에서 살아가기 위해서는 어떤 형태로든 상품을 만들어 팔아야 하고, 그 상품을 만들어 팔기 위해서는 소비자에게 신뢰를 얻어야 하며, 소비자의 신뢰를 얻기 위해서는 소비자를 최대한 편리하게 만들어 주어야 하고, 소비자의 이익을 극대화 시켜주어야 한다는 것이었다.

그러나 자유 시장경제체제에 처음 발을 디딘 나는 돈을 많이 빨리 벌어야 하겠다는 욕망만 앞설 뿐이었지, 상품은 어떻게 만들어야 하고, 상품을 많이 팔기 위해서는 무엇을 해야 하는지에 대해서는 전혀 아는 것이 없었다.

어느 한 회사에 입사했을 때, 그곳의 상사는 나에게 "팔아야 산다"고 하는 어느 세일즈맨의 성공신화를 쓴 에세이집을 선물해주었다.

한국인들에게도 가장 어렵다는 보험세일즈를 시작했을 때 정말 무엇을 어떻게 팔아야 하는지 전혀 알 수 없었고 아침마다 집 문턱을 나서는 것이 끔찍하기도 했었다. 시장은 사람들에게 많은 두려움을 주는 것이 사실이다. 그러나 알고 보면 시장은 가장 단순한 원리에 기초하고 있었다. 나는 어렸을 때 초등학교가기 전까지 외할머니집에서 살았고, 그래서 초등학교에 입학한 후에도 방학이나 쉬는 날이면 외할머니를 찾아가 외할머니와 함께 시간을 보내곤 했다. 그때 외할머니는 여러 가지 생활의 교훈이 되는 속담을 들려주시곤 했었다. 그중에서도 지금까지 잊혀 지지 않는 여러 가지 생활의 지혜가 담긴 말씀들이 있는데, 한국에 와서 처음 보험세일즈를 하면서 "외할머니 떡도 커야 사먹는다"는 말씀은 정말 시장의 속성을 잘 나타내는 말씀이었다.

외할머니는 사회주의 제도에 살고 계셨지만 인간 본연의 심리를 잘 알고 계셨던 것 같다.

아무리 가까운 사람이라고 해도, 자신에게 이익이 되어야만 거래가 가능하다는 것이고, 사람은 자신에게 이익이 되는 방향으로 움직인다는 아주 심플하고 단순한 진리였다.

나는 낯선 자본주의 시장경제체제에 적응하면서 늘 외할머니의 말씀을 생각했다. 타인에게 이익이 되도록 하는 것이 나에게 이익이 되는 길이라고 말이다.

사실 국가가 모든 것을 소유하고, 계획적으로 경제를 운영하며, 평등하게 분배를 해주는 사회주의 계획, 배급경제에서는 사람들이 자신에 필요한 선택을 할 수도 없고, 자신의 노력에 따라 편익을 누리는 것이 절대 불가능하지만 자본주의 시장경제에서 사람들은 자신의 능력과 선택에 따라 더 많은 이익과 편익을 누릴 수 있는 것이다.

처음에는 시장경제가 너무 어려운 것이라고 생각했지만 외할머니께서 나에게 들려주신 "외할머니 떡도 커야 사먹는다"는 진리를 깨달은 다음부터는 너무 간단하게 이해되었다.

그렇다. 시장경제에서는 국가의 강요나 배려에 의해서가 아니라 나 자신의 필요와 능력에 따라 모든 이익과 편익을 선택할 수 있는 것이다. 그래서 모든 상품 생산자들은 상품구매자들의 선택을 받기 위해 더 많이 연구하고 더 많이 노력할 수 밖에 없기 때문이다.

시장경제에서는 외할머니라는 인간관계 때문에 상품을 구매하는 것이 아니라, 아무리 외할머니가 좋아도 자신의 이익과 편익을 기준으로 상품을 구매하기 때문에, 시장에서는 누구든지 소비자의 선택을 받기 위해 경쟁을 해야 하고, 소비자의 욕구를 알아내기 위해 연구를 해야 하는 것이다.

어쩌면 소비자의 욕구를 해결해주고, 소비자의 선택을 받기 위해 움직인 결과가 오늘날의 물질문명과 풍요로운 생활과, 여러 가지 편익을 만들어 냈을 것이다.

그러고 보면 계획경제만큼, 배급제도 만큼, 어처구니없고 한심한 발상은 없는 것 같다.

그게 다 세금입니다

배진영 / 월간조선 기자

"할머니, 안녕하세요?"

"어, 304호 기자양반이시구먼. 퇴근하는 길이우?"

"네. 한동안 못 뵌 것 같네요. 하도 안 보이시기에 이사가셨을 줄 알았습니다."

"응. 아들 집에 좀 가 있었어. 며늘아기가 아파서, 손주들 봐 주느라고.""저런…, 많이 아팠나요?"

"암이라는데, 그래도 일찍 발견해서, 수술해서 괜찮대."

"다행이네요. 고생 많으셨겠어요."

"고생은 무슨…. 그런데 암 수술하고 그랬는데, 아들 얘기가 돈을 40만원밖에 안 냈대. 왜 그렇게 싼 거여? 난 애들 전셋돈 빼야 하나 싶어 걱정했는데…" "5대암은 치료비의 95%까진가 나라에서 내 주는 제도가 있을 겁니다. 건강보험도 있구요." "하이고, 우리나라 참 좋네! 그런데 나라에 뭔 돈이 그렇게 많아서 그렇게 해주는겨?" "나라에 무슨 돈이 있겠어요? 그게 다 저하고 아드님이 내는 세금이죠. 저는 월급 받는 것 중에서 5분의1 정도는 세금이나 건강보험료 같은 걸로 나가요. 아드님도 비슷할 겁니다."

"그런겨? 그럼 나라에서 해 준 게 아니네?"

"그렇죠. 결국은 아드님 돈, 제 돈으로 하고, 생색은 나라에서 내는 거죠."

"어쨌든 당장 좋기는 한데, 나라에서 그렇게 계속 해 줄 수 있는겨?" "어려울 겁니다. 그러려면 세금을 계속해서 많이 거두어야 하는데, 중국이 발전하면서 기업들은 점점 힘들어지고 젊은 사람들이 애를 안 낳아서 일할 사람들은 줄어들고 있어요. 세금이 들어올 데가 점점 없어지는 거죠. 아마 나라에서 암 치료비 내주고 그런 게 오래가지는 못 할 겁니다."

"큰일이구먼. 나라에 화수분이 있는 것도 아니고…"

"글쎄 말입니다. 손주가 몇 명인가요?"

"두 명. 중1하고 초등학교 4학년.""애들 봐 주시느라 힘드셨겠네요.""그래도 도시락은 안 싸 줘서 편했어. 무상급식이라나 뭐라나…"

"아, 네…""그런데 손주애가 빵 사먹어야 한다면서 자꾸 돈을 달라고 해서 쌈짓돈이 솔찬히 나갔어."

"아마 학교에서 주는 밥이 맛이 없어서 그랬을 겁니다.""그래, 애들도 그런 소리를 하데. 왜 그렇게 학교 밥이 맛이 없대?""학교에서 값싼 재료로 밥을 해서 밥이 부실하고 맛이 없대요. 그래서 애들이 밥을 많이 남긴답니다."

"아니, 학교에서 애들 밥 먹여주겠다고 했으면 잘 먹여줘야지, 그게 뭐하는 짓이여?"

"학교에 밥을 해 주는 회사들이 있어요. 그런데 교육청에서 쓸 수 있는 돈이 한계가 있으니까, 싼 값에 밥을 해주겠다는 업체에다가 일을 맡기는 거죠. 업체에서는 자기들도 남겨먹어야하니까 값싼 재료를 쓰고 그러는 거죠. 교육청에서 자기들하고 친한 업체에다가 급식을 맡기기도 하나 봐요. 그런데서는 마음 놓고 엉터리 급식을 하는 거죠." "그러면 되나….

애들 밥은 잘 먹여야지.""그럼요."

"애들도 그래. 그런다고 밥을 남기나? 이북에서는 먹을 게 없어서 굶어죽는다잖어? 밥을 남기면 안 되지…. 다 호강에 겨워서 그러는겨. 그러면 벌 받어. 우리 어릴 때는 꿀꿀이죽도 없어서 못 먹었어. 꿀꿀이죽 알어?"

"말로만 들었습니다."

"그 뭐냐, 무상급식, 애들 밥을 나라에서 해 주는 거, 그것도 세금으로 하는 거여?"

"네. 그것도 다 세금이죠. 저희들이 낸…"

"이거 저거 다 세금으로 하는 거면 젊은 사람들 등골이 휘겠네 그랴."

"뭐, 그렇죠. 아마 이대로 가다보면 할머니 손주들은 고생 꽤나 해야 할 겁니다. 어쩌면 손주들이 어른이 됐을 때에는 월급 받는 것에서 절반 이상을 세금으로 내야 할지도 몰라요. 그런데 손주들이 말을 안 듣거나 하지는 않았어요?"

"그러진 않았는데, 작은 놈이 꼭 학교에서는 볼 일을 안 보고, 학교 파하고 집에 와서 일을 보겠다고 하는 바람에 애를 먹었어. 학교 변소가 더럽고 고장이 났대나…. 거 변소가 고장 나면 빨리빨리 고쳐주지 않고 뭐하는겨?""아까 얘기한 무상급식 같은 거 해 주느라고 돈이 모자라서, 화장실 고칠 돈이 없대요."

"차라리 애들 도시락을 집에서 싸가게 하더라도, 변소는 고쳐줘야지. 그리고 밥은 지 어미가 해 주는 게 제일루 맛있는 법이여."

"그럼요."

"그런데 경비실 옆에 있는 함(函)은 뭐하라고 갖다 놓은 겨?""지금 경비가 한 동(棟)에 두 명이잖아요? 그걸 한 명으로 줄이려고 하는데, 찬성하는지, 반대하는지 알려달라는 겁니다.""아니, 경비를 왜 줄인대?""나라에서 경비들 월급을 얼마 이상으로 올려주라고 법을 만들었어요. 그러니까 아파트 대표회에서 인건비가 많이 든다고 경비를 줄이자는 얘기가 나왔대요.""그럼 박 씨도 나가야 하는겨? 참 바지런하고 싹싹한 사람인디…. 그 나이에 그만두면 어디 가서 뭘 하누?""그러게 말입니다."

"305호가 이사한다며? 그 집 새댁이 참 참한디…. 왜 이사 간대?"

"저희 집사람 말로는, 결혼하면서 전세로 들어왔었는데, 집주인이 전세 값을 많이 올려달라고 해서 나간대요."

"우리 아들네도 집주인이 전세 값을 많이 올려달라고 해서 고생했나봐. 삼사천도 아니고 1억을 올려달라고 했대. 집을 줄여서 경기도로 가 보려다가, 그냥 은행돈 빌려서 전셋돈 올려줬대. 아니 왜 그렇게 전세 값을 많이 올려 달랜데? 너무들 하는 거 아녀?"

"나라에서 전세 들어와 사는 사람들을 도와주겠다고 법을 만들었어요. 전세 값을 해마다 올려 받지 말고 2년에 한 번씩 올려 받으라고 했더니, 집주인들이 이삼년에 올려 받을 걸 한 번에 올려 받으려고 해서 그래요."

"거, 경비도 그렇고, 전세도 그렇고, 나라에서 없는 사람들 도와주겠다고 만든 법마다 왜 그렇게 사람들을 힘들게 하는 겨? 그냥 지들이 알아서들 하게 하면 되는 거 아녀?"

"그러게 말입니다. 아, 잠깐만요. 저희 집에 택배가 와 있네요."

"뭐여?"

"책입니다. 인터넷에서 주문했는데 배달 왔네요."

"테레비에 나오는 양반이니, 책을 많이 읽어야겠네."

"많이 사보기는 하죠. 그래도 전보다는 덜 사게 됐어요."

"왜?"

"옛날에는 책값을 이삼십 프로, 많으면 오십 프로도 깎아줄 수 있었는데, 나라에서 책값을 15프로까지만 깎아주도록 법을 만들었어요. 책값이 오른 셈이어서 아무래도 덜 사게 되지요." "그런 법은 또 왜 만든겨?" "출판사하고 동네 책방들 보호하려고 그런 거래요. 할머니, 엘리베이터 왔네요. 타세요." "거 참, 그래서 책을 안사면 출판사랑 책방들은 되려 힘들어지는 거 아녀? 어떤 할 일 없는 인간들이 그런 법을 만들었대? 이러다가 콩나물값 깎지 못하게 하는 법도 만들겠네그랴. 그런데 이건 뭐라고 써 붙인겨?" "지구대, 그러니까 파출소에서 요즘 도둑이 많이 드니까 조심하라고 써 붙였네요." "그래, 10동에 도둑이 들었다며? 지난달에는 옆에 아파트에도 도둑이 들었다더니…"

"먹고 살기가 점점 어려워지다 보니 그런가봐요." "먹고사는 게 제일루 중요한겨. 그런데 도둑은 잡았대?"

"모르겠어요. 나라에 돈이 없어서 경찰을 늘리지는 못하고, 데모도 많이 하고 해서, 경찰들도 많이 힘든가 봐요." "거, 그래도 도둑은 나라에서 잡아줘야지. 나라는 그저 빨갱이들 막아주고 도둑 잘 잡아주면 되는 거여." "맞습니다. 그나저나 할머니는 참 대단하신 것 같아요. 매일 아침저녁으로 그렇게 지팡이 짚고 동네를 도시는 걸 보면…"

"아, 이 나이에 자식 놈 고생 안 시키려면 내 몸 내가 챙겨야지. 내가 안 챙기면 누가 챙겨주겠수? 기자 양반도 건강해야 혀. 배가 나왔는데, 운동 좀 혀!"

"네. 안녕히 들어가세요."

"잘 들어가슈."

그래서 나는 오늘도 시장에 간다

남정욱 / 숭실대 교수·문예창작

어머니는 모란장 마니아였다. 매달 끝자리 수 4일과 9일이 되면 등에 '리꾸사꾸(lucksack)'를 메고 아침부터 길을 나섰다. 특별히 필요하거나 살 것이 있는 것도 아니었다. 이유는 현장에서 즉석으로 만들어졌다. "이거 사 놓으면 나중에 쓸모 있지 않겠니?", "값이 싼 게 딴 데서는 이 가격에 못 구해." 정도가 그 이유였다. 못 구하긴. 대형마트에 가면 그런 물건은 더 싼 가격으로, 더 아담한 디자인으로 팔고 있다. 그러니까 어머니는 필요가 아니라 그 어떤, 또 다른 즐거움 때문에 모란장을 찾은 것이다. 사정이 생겨 어머니가 지구를 잠시 비우신 지금 나는 혼자서 종종 모란장을 간다. 뭘 사는 일은 별로 없다. 구경만 한다. 그냥 여기저기 둘러보다가 점심 무렵 참새구이에 막걸리 한 잔을 마시는 게 내 스타일이다. 허름한 의자에 앉아 사람들이 복작대는 모습을 보고 있으면 왠지 마음이 느긋하고 편해진다. 뭐랄까. 아주 오래전부터 이 자리에 앉아있었던 것 같은 느낌이라고나 할까.

사람 사는 모습이 시장 안에 다 있다. 팔고 사고 바꾸고 먹고 마신다. 사람들은 언제부터 그렇게 살기 시작했을까. 팔고 사고 바꾸기 시작한 건 대략 1만 년 전이라고 한다. 그전에는 자기 먹고 나면 끝이었다. 산과 들이 있는 동네에서는 고기를 들고 나왔다. 바다나 강이 가까운 동네에서는 생선을 들고 나왔다. 고기와 생선을 바꿨다. 처음에는 날것을 그대로 교환했지만 고기를 잘 만지는 사람들은 말리거나 절여서 예전보다 더 좋은 조건으로 생선과 교환했다. 생선도 마찬가지였을 것이다. 상대방이 좋아할만한 것으로 시장에 들고 나오는 것들은 조금씩 바뀌기 시작했다. 대부분 각자 주변에서 쉽게 구할 수 있는 것들이었지만 가끔 멀리 다니기 좋아하는 사람이 희한한 물건을 가지고 오기도 했다. 인간이란 게 신기한 거, 새로운 것을 보면 사족을 못 쓴다. 누군가 그날 들고 갔던 고기를 다 내주고 그 신기한 물건과 맞바꿨다. 고기를 많이 얻은 사람은 욕심이 생겨 그 물건을 또 구해가지고 왔다. 그 물건은 더 이상 신기하지 않았다. 게다가 소문을 들은 사람들이 너도 나도 그 물건을 들고 왔기에 귀하지도 않았다. 그 물건으로는 여럿을 주고 고기 한 덩어리를 겨우 얻어갈 수 있었다. 예나 지금이나 포장이 중요하다. 음식을 담기 위해 그릇도 생겨났다. 처음에는 다 밋밋한 그릇이었지만 어느 손재주 좋은 사람이 그릇에 금을 그어 멋을 냈다. 시장에 나온 물건들은 조금씩 예뻐지고 세련되게 바뀌었다. 사람들은 더 신기한 것을 찾아 산맥을 넘었고 바다를 건넜다. 멀리서 가져올수록 귀한 것은 당연한 일이었다. 바닷길로 비단길로 어느 샌가 세상은 전부 연결이 되었다. 신라 유물에서 로마의 흔적이 발견되는 건 그래서 전혀 이상한 일이 아니다.

1991년 소련이 공산주의 간판을 내렸을 무렵이다. 당시 특파원으로 갔던 선배에게 들은 이야기인데 재미있어서 옮긴다. 생활용품이 부족하다보니 사람들은 집에 있는 물건들을 내다 팔거나 교환했다. 그 중 쿤체보라는 동네에서는 지역 특성상 망치, 톱, 못 같은 것이 많았는데 소문이 나면서 건축자

재시장으로 특화되기 시작했다. 처음에는 같은 물건이라도 파는 곳이 제각각이어서 좋은 물건을 고르려면 한참을 돌아 다녀야 했다. 그런데 얼마 후에는 같은 물건을 파는 좌판이 한 곳에 모이기 시작했고 한 두 개씩 가건물도 생겨났다. 책장을 만들기 위해서는 널빤지가 필요했는데 파는 곳은 있었지만 크기가 커다란 거 한 가지뿐이라 집에서 수고스럽게 톱질을 해야 했다. 다시 시장에 갔을 때 널빤지는 다양한 크기로 잘라져 있었고 보기 좋게 페인트칠까지 되어 있었다. 사람의 욕구는 자연스럽게 높아지기 마련이다. 물건을 사러 다니다 보니 커피 한 잔 생각이 날 때가있었는데 정말 거짓말처럼 커피를 파는 이동 리어카가 등장했다. 그리고 얼마 후에는 번듯한 건물에 음식점과 커피숍이 들어섰다. 이 모든 변화에 걸린 시간이 겨우 2년이었다고 한다. 애초에 설계도도 없었다. 누가 시키고 감독해서 만들어진 것도 아니다. 어느 각도로 봐도 신기하고 놀라운 일이다. 수천 개 부품을 하늘에 던져 비행기 한대가 뚝딱 조립되어 떨어지는 마술도 이보다는 놀랍지 않다.

내버려두면 시장은 알아서 돌아간다. 물건이 별로면 팔리지 않는다. 물건이 비싸도 팔리지 않는다. 파는 사람이 자기 물건이 아무리 좋다고 우겨봐야 사는 사람이 외면하면 그만인 곳이 시장이다. 가장 좋은 물건이 그 중 가장 낮은 가격에 팔리는 놀라운 곳이 시장이다. 이렇게 시장은 인간의 본성이 만들어낸 가장 자연스러운 현상이고 공간이다. 사는 사람의 이기심과 파는 사람의 이기심이 가장 적절하게 균형을 맞춘, 그래서 시장은 인간이 만든 가장 위대한 발명이다. 따뜻하건 차갑 건 싫어하든 좋아하든.

하루하루 내 인생
열심히 사는 것이 바로 자유주의

윤서인 / 만화가

새벽 알람이 따르릉~ "아아 더 자고 싶어…." 졸린 눈을 부비며 억지로 눈을 뜨는 많은 사람들이 있습니다. 이들은 왜 더 자고 싶은 욕망을 누르고 스스로 맞춰 놓은 카랑카랑한 자명종 소리와 함께 억지로 일어날까요? 1분만…. 3분만…. 더 눕고 싶은 강력한 유혹을 떨치고 왜 차가운 이불 밖으로 나설까요.

답은 아시다시피 매우 간단합니다. 왜냐 하면 학생이면 학생, 주부면 주부, 회사원이면 회사원. 장사꾼이면 장사꾼에게 주어진 하루 동안 각자 해결해야 할 일들이 있기 때문입니다. 학생은 수업을 위해, 주부는 식구들의 출근과 등교를 위해, 회사원은 오늘 있을 미팅과 업무를 위해, 장사꾼들은 오늘의 영업을 위해 무거운 몸을 일으켜 화장실로 가서 세수하고 이 닦고 그렇게 또 열심히 하루를 시작합니다.

대한민국의 아침은 수백 수천만 시민들의 요란한 자명종 소리와 함께 시작됩니다. 알고 보면 누구나 쉬고 싶고, 놀고 싶고, 자고 싶습니다. 아름다운 해변에 누워서 맛있는 음료를 마시고 싶고, 럭셔리한 호텔 침대에 푹 파묻히고 싶고, 맛있는 요리를 먹고 멋진 자연 속에서 산책하고 가볍게 운동도 즐기고 싶습니다. 학생들은 공부 보다는 며칠이고 게임을 하고 싶고, 친구들과 어울려 신나게 놀고 싶습니다. 어른들은 업무 보다는 좋아하는 자전거도 타고, 낚시도 하고, 취미 생활도 하고 싶습니다. 하지만 그럴 수가 없습니다. 가정, 학교, 회사, 가게 등등 날마다 가야 할 곳과 주어진 일들이 있기 때문이지요. 우리는 묵묵히 그것들을 해내야 합니다. 그것을 다 해낸 후, 지장이 없을 시간을 쪼개어야 겨우겨우 게임을 하고 취미 생활을 할 수 있습니다. 그나마도 제대로 못하고 공부에 일에 파묻혀 지내는 사람들이 수두룩합니다.

다들 힘듭니다. 저도 힘듭니다. 우리 모두 하루하루 힘이 듭니다. 벗어나고 싶고 지겹고 눈물이 날 때도 있습니다. 왜 이렇게 인생은 힘들까? 누가 다 이렇게 정해놓은 걸까? 참아야 할 것들이 너무너무 많습니다. 먼저 태어난 사람들이 만들어 놓은 대로 왜 내가 다 해야 할까? 이런 게 다 무엇일까? 이때, 힘든 우리에게 누군가 다가와 말합니다.

"그래, 많이 힘들지? 네가 왜 그렇게 힘들까? 왜 그렇게 많은 공부를, 왜 그렇게 많은 경쟁을, 왜 그렇게 힘들게 돈을 벌어야 할까? 이게 다 누구 때문일까?" 헉 그러게요. 저도 궁금합니다. 왜 내가 이렇게 힘들게 살고 있지? 갑자기 내가 하고 있는 것들이 더 힘들게 느껴집니다. 그는 말을 이어갑니다. "넌 피해자다. 이 사회의 희생자다. 저기 부자들을 봐라. 네가 노력한다고 저렇게 될 것 같니? 열심히 해봐야 소용없다. 분노하라! 세상을 뒤집어야 한다!"

헉 그렇습니다. 전 피해자였습니다. 화가 납니다 저기 어딘가엔 경쟁도 없고 편안하고 폭신폭신한 천국이 있을 것만 같습니다. 누군가에 의해 저는 이용당하며 지옥 같은 대한민국에서 힘들게 하루하루를 보내고 있었습니다. 이것이 다 잘못된 사회 시스템 때문이고 잘못된 정부 때문이고 잘못된 교육계 때문이고 기득권 부자들 때문인 것이었습니다. "그렇구나.… 이제 전 무엇을 해야 하나요?" 그러자 그는 이렇게 말합니다.

"응 내가 해결해 줄게. 나에게 투표해라."

… 그렇게 표를 모아 그는 권력을 잡게 됩니다. 그리고 경쟁이 없어지고, 출퇴근도 자유롭게 변하고, 장사도 나라에서 정해주는 곳에서 정해준 것만 팔면 보상을 받게끔 바뀌었습니다. 누워있고 싶으면 눕고, 자고 싶으면 자도 되는 세상이 됐습니다. 서울대도 사라지고 모든 대학은 다 똑같이 변했습니다. 아무리 놀아도 잘리지 않는 회사들만 있습니다. 자 이제 모든 문제들이 해결 됐을까요? 모두가 잘사는 편안한 세상이 왔을까요?

천. 만. 에. 요. 경쟁이 없어지니 열심히 할 필요가 없어지고 그러자 다 같이 엉망이 됩니다. 출퇴근이 제멋대로니 일 진행도 더디고 결과물도 제대로 나오지 않습니다. 열심히 장사를 하나 안하나 똑같으니 신제품을 개발할 필요도, 시장에서 선택받으려 애 쓸 필요도 없어집니다. 열심히 하는 사람만 바보가 되니 모두 공부를 일을 손 놓게 됩니다. 더 이상 줄 돈이 없다며 금방 월급이 끊깁니다. 당연히 난동이 벌어집니다.

그동안 우리가 차지해오던 세계 시장도 중국 일본 등등의 손에 다 넘어갑니다. 모든 것이 나빠졌습니다. 경쟁이 없어지니 다 같이 침몰합니다. 1등도 꼴찌도 똑같은 세상, 똑같이 그냥 가난한 세상. 그야말로 열심히 해봐야 소용이 없는 세상이 됐습니다.

아, 나아진 것은 딱 하나. 그가 출세했다는 것뿐이었습니다. 처음부터 그가 원하는 것은 나의 한 표였습니다. 그는 나 같은 피해자(?)들의 분노의 한 표 한 표를 모아 권력자가 되고 입신양명을 하는 것이 목적이었습니다. 다 같이 가난해지고 다 같이 어려워졌지만 그를 포함해 권력을 잡은 몇몇은 부와 권력을 누리며 행복해졌습니다. 동기 부여가 사라진 세상이 어떻게 됐는지 역사에서 여러 가지 사례가 있었는데 제가 미처 생각을 못했습니다. 대학에서 조별 과제만 해도 깨닫게 되는 진실을 몰랐습니다. 경쟁이 없는 세상은 죽어있는 세상이었습니다. 너무 후회가 됩니다.…

* * *

다행히 이 글의 내용은 아직 현실에서 일어나지 않았습니다.

하지만 최근 들어 대한민국은 자꾸만 위의 길을 가려고 합니다. 곳곳에서 경쟁은 나쁘다고 말하고 격차를 줄여야 한다고 외칩니다. 뉴스에서도 인터넷에서도 헬조선을 외치며 노력해봐야 소용없다고 말합니다. 부지런히 달려 쌓아온 모든 것들을 그저 다 털어 나누는 것이 정의라 주장하는 사람들이 너무나 많습니다.

이런 사람들로부터 나를 보호해 주는 것이 바로 자유주의입니다.

자유주의는 거창한 것이 아닌 내 성취를 위해 내 인생을 열심히 사는 것입니다. 누가 뭐래도 자유엔 무거운 책임이 따릅니다. 고단한 내 책임들을 다 해놓은 뒤에야 비로소 따르는 것이 자유입니다. 그래서 자유주의입니다. 자유만 있는 세상은 없습니다. 자유와 책임은 바늘과 실처럼 반드시 함께합니다. 하나하나 내 것을 이뤄가는 성취야말로 진정한 자유를 향한 걸음입니다. 그렇게 하나씩 자신의 책임을 다할 때 건강한 나라가 만들어지고 건강한 나라의 바탕 위에서만이 지금과 같은 자유를 누릴 수 있습니다. 오늘 누워 있으면 내일 아무 것도 없지만, 오늘 열심히 달리면 내일 성취가 있습니다. 이런 지극히 기본적인 상식이 자유주의의 바탕입니다. 내가 내 인생을 열심히 살고, 성취하고, 보람을 느끼고, 만족하며 행복한 것이 자유주의입니다.

우리는 어렵게 자유를 얻은 사람들입니다. 그만큼 자유를 어렵게 또 지켜야 합니다. 나에게 주어진 책임을 다하는 든든한 나. 그리고 그것들로 인해 얻어진 것들을 누릴 자유. 이것이 모여서 나라를 부강하게 만드는 것. 자유주의의 바탕 위에 만들어진 대한민국의 주인은 바로 당신입니다. 당신은 피해자가 아니라 당신 인생의 영웅입니다.

우리 동네 빵집의 비밀

조윤희 / 부산 금성고 교사

우리 동네는 빵집이 다섯 개

우리 동네에 새로 입주가 시작된 1600세대 아파트 단지 부근엔 빵집이 다섯 개나 생겼다. 그 뜻을 짐작하기도 어려운 프랑스나 이탈리아 동네 언저리 이름 비슷한 간판을 내걸고 열심히 빵들을 팔고 있다. 그 중엔 잘나간다는 대기업의 프랜차이즈 빵집도 있고, 개인 파티쉐가 빵과 과자를 만드는 빵집도 있다. 오밀조밀 모여 있는 골목 안 빵집끼리는 경쟁이 치열했다. 그러나 시간이 흐를수록 '잘 되는' 집과 '그렇지 않은' 집이 갈렸고, 순위도 얼추 매겨지는 모양이었다. 해도 뜨기 전 이른 새벽부터 문을 열고 빵을 굽고, 사흘이 멀다 하고 새로운 빵이나 과자를 만들어 시식코너에 내놓고는 손님들의 평을 꼼꼼히 받아 적는 빵집이 있었다. 친절과 청결은 기본이었다. 몇 개월이 지나자 차이가 나기 시작했다. 격차! 그러나 그 차이에 대해 사람들은 누구도 부당하다고 생각지 않았다. 골목 안 빵집끼리의 타이틀 매치에서 승자가 대기업 프랜차이즈가 아닌 개인 빵집이었다 해도 새로울 것도 의아스러울 것도 없었다. 공정하게 경쟁했고 그 과정을 지켜보았기에 점점 벌어지는 차이를 '인정'하고 있었기 때문이다.

비교가 자연스러운 것은 유전자 탓?

골목 안 빵집 사례처럼 사람들이 그 차이를 받아들이는 경우도 있지만 그렇지 못한 경우도 많다. 우리나라 사람들이 유독 타인과 자신을 견주어 비교하기를 좋아하고 비교의 결과로 드러나는 차이에 민감한 탓이다. 사촌이 땅을 사면 멀쩡하던 배가 아프기도 하는 사람들이다. 배가 고픈 것은 견뎌도 아픈 것은 견디지 못하는 DNA가 내장되어 있어서 인지도 모르겠다. 누구나 로또를 살 '기회의 평등'만 주어지면 당첨이 되던 되지 않던 그 결과를 받아들인다. 그 결과로 인해 엄청난 격차가 발생해도 운이 작용하는 결과에 대해서는 부당하다고 생각지 않는 것이다. 운동을 잘해 올림픽에서 금메달을 따거나 야구나 축구를 잘해 스타플레이어가 되고 연봉을 수백억씩 받는 계약으로 인해 생기는 '차이' 역시도 수긍하고 넘어간다. 능력에 따른 차이가 엄연히 존재함에도 운동선수들이 사용하는 장비나 규정이 '동일'했다는 사실 탓에 결과를 수긍한다. 그리고 거기서 벌어지는 차이를 노력의 결과이거나 재능의 차이로 받아들인다. 본인들이 죽기 살기로 연습하고 그 결과로 얻어진 결과라고 생각되면 배 아픔의 정서(?)가 작동되지 않는 듯하다. 하지만 '죽기 살기로 연습하고 그 결과로 얻어진 결과'가 가족적 배경과 직업, 소득 등과 연결되는 상황이 되면 사람들의 반응은 달라진다. 게다가 가시적으로 수치화된 소득과 부의 차이가 크게 벌어지기 시작하면 사람들은 부글부글 끓기 시작한다.

'네가 뭔데! 왜 너와 내가 그렇게 차이가 많이 나야하지?'

그러한 격차를 불러온 이유 중에 유전적 요인이 영향을 줄 수 있는 경우 또한 적지 않으나 유전적 능력을 문제로 삼는 경우는 적다. 오직 대물림으로 인해 벌어지는 격차를 수용할 수 없다는 것이다. 부모를 잘 만나서, 가정배경이 좋아서 벌어지게 만드는 격차는 '기회의 평등'에 어긋난다는 생각 때문이며, 그 과정이 보이지 않는 불공정한 '게임'이라는 생각이 매우 크게 좌우하기 때문이다. 대물림 때문에 벌어지는 격차의 불편함을 해소하는 방법은 잠시 후 다시 고민해 보자.

격차는 자연스러워

그러나 사실 격차는 자연스럽다. 왜냐하면 인간은 태생적으로 이익을 추구하게 되어 있어서 자신이 노력한 결과가 자신에게 돌아가야 한다고 믿기 때문이다. 이는 지극히 자연스러운 믿음이고 국가가 허용하는 법의 테두리 안에서 정당하게 경제활동을 한 결과라면 그로 인한 격차를 부정하려 하는 것이 오히려 부자연스럽다. 물론 법을 어겼거나 타인의 권리를 침범했거나 불공정하게 부당한 행위로 인해 발생한 격차라면 반드시 바로잡아야한다. 그러나 우리 동네 빵집들 중 '어떤 빵집'의 소득이 늘어난 것은 자연스러운 결과였다. 그것은 남다른 노력 덕분일 수도 있고 그 골목빵집 파티쉐의 선천적인 후각과 미각, 타고난 근면성 같은 유전적 요인의 결과일 수도 있다. 개인적 노력 덕이던 유전적 요인 덕이던 그 덕분에 소비자들은 더 맛있는 빵을 합리적인 가격에 살 수 있었다. 골목 안에서는 치열한 경쟁이 있었고 그 결과 차이가 나타난 것이다. 그 격차는 불가피한 것이었으며 그것을 부정하는 것은 모든 사람이 똑같아야 한다는 말만큼이나 억지스러운 것일 수 있다.

그럼에도 격차는 나쁜 것일까. 좋다, 나쁘다는 개개인의 느낌의 차이이고 주관적이라고 말할 수밖에 없을 테지만 격차가 심화되는 이유는 사회가 꼭 정의롭지 못하거나 가진 자들이 탐욕스러워 약탈을 일삼기 때문은 아니다. 조금만 생각해보면 산업구조가 변한 탓이라는 것을 알 수 있다. 산업구조가 바뀌면서 사회변화를 읽고 그 변화를 이끈 사람들이나 변화를 잘 알고 이용한 사람들은 지식을 이용한 창조력으로 소득을 많이 올리게 되었고 부를 축적한 것이다. 그러니 점점 임금과 소득에 격차가 생긴다. 나라마다 격차가 얼마나 벌어져 있는지를 측정하는 지표들이 있는데 우리나라의 경우 OECD국가들 중 분배불평등의 정도가 중간 쯤 된다고 한다. 그럼에도 부의 불균형이 심하다고 느끼는 이유는 상대적으로 전보다 사정이 조금 나빠졌기 때문일 것이다.

뫼비우스의 띠에 갇힌 격차에 대한 오해

부자가 점점 더 부자가 된다고 해서 가난한 사람이 더 가난해지는 것은 아니다. 그럼에도 사람들은 격차 때문에 가난한 사람이 더 가난해지기라도 하는 것으로 받아들인다. 격차는 치열한 경쟁의 결과일 뿐이며 경쟁이 허용되지 않는 사회에서는 더욱 더 불평등해질 수밖에 없음을 구소련이나 동부유럽국가들의 사례에서 익히 보았다. 그럼에도 부의 불평등에서 비롯된 격차가 마치 사회를 망하게 할 것처럼 이야기하고 격차는 없애야 하는 절대 악으로 선포한다. 격차를 줄이는 것이 정의요, 그런 역할을 할 수 있는 것이 정부의 절대적 역할이라고 믿게 만든다. 그러면서 모든 정책은 격차를 줄이는 것에 맞추어 진다. 그러나 지극히 자연스러운 결과를 허용하지 못하고 격차를 없애야만 바람직하다고 믿도록 하는 정책들은 성공하기 쉽지 않다. 그 정책의 실패는 도리어 사람들의 증오만 키운다. 갈등은 증폭되고 증오는 커지고. 격차를 해소하라는 이 말 속에 이미 사회적 갈등은 피할 수 없음을, 갈등은 어떻든 커질 수밖에 없음을 내포하고 있다고 봐야 할 것이다. 이러한 시각은 격차를 반드시 해소시킬 대상으로 규정하면서 비롯된다. 사람마다 다 다르게 가진 능력과 노력의 차이를 곧바로 차별로 인식하는 순간 금방 분노로 휘발되는 것이다. 상대적인 격차를 없애고 다같이 '평등'해야 한다고 주장하는 사람들은 심지어 다 같이 빈곤해지는 것은 불평 하지 않는다. 격차 없이 평등하기만 하면 가난해도 괜찮다는 것이다. 격차의 정도를 보여주는 지표에는 빈곤과 풍요의 정도는 드러나지 않으므로 당장 눈에 보이는 격차로 인한 불평등만 해소되면 그만이라고 생각한다.

또 하나 이 격차는 시간의 흐름을 고려하지는 못한다. 그동안 자본주의의 발달과정에서 자연스럽게 나타난 '풍요'는 경쟁과 격차가 시간의 흐름을 두고 축적되어온 결과이다. 시대가 변하고 시간이 흐르면서 개선된 변화가 바로 풍요이기 때문이다. 그런데 풍요는 격차를 보여주는 지표에서는 드러나

지 않는다. 삶이 풍요로워지고 편리해 진 것보다 지금 동시대, 동일 공간에서 두드러지는 격차만을 더욱 크게 느끼는 사람들에겐 '빈곤과 풍요'보다 '평등과 격차'만이 중요하게 느껴질 것이다. 만일 삶의 질이 나아지고 있는 것을 보려하지 않고 가진 자와 못가진 자의 문제, 성장이냐 분배냐의 문제, 자본주의의 태생적 한계 등등에 함몰되어 정작 볼 것을 보지 못하는 사람이라면 제자리를 맴돌며 뫼비우스의 띠 속에 갇힌 꼴을 면하기 어렵다.

격차에 대한 불만에서 벗어나기

물론 격차해소는 현실적으로 쉽지 않다. 가능하면 격차의 존재를 인정하는 것이 격차의 불만을 벗어나는 최선일 수도 있다. 그럼에도 차이가 차별과 격차로 받아 들여져 분노로 연결되는 이유는 가정배경이나 환경으로 인한 격차가 '기회의 평등'에 어긋나며 그 과정이 불투명한 '불공정 게임'이라는 생각 때문임을 앞서 지적했다. 그렇다면 부모의 '능력'에 의해 좌우되기보다 당사자들의 능력을 한 번에 발휘할 수 있도록 하는 것은 어떨까. 예컨대 입시에서도 지속적인 성과를 내야 하도록 하는 것은 부모의 역할과 가정형편이 중요한 영향을 끼치므로 한 번의 시험으로 부모의 영향력을 최대한 배제시킬 수 있도록 하는 것은 어떨까하는 것이다.

또한 기업이나 대학에서 가족 배경을 고려하는 제도를 폐지하는 것은 또 어떨까.

마지막으로 소위 '낙하산' 이라는 인사제도를 사라지게 하는 것은? 이러한 방법들 역시 격차에 대해 이미 부정적으로 생각하는 불만을 최소화 시킬 수 있는 현실적 방안일 수 있겠다.

진짜 격차의 격파 해법

그러나 이런 저런 방법의 고민은 현실적인 문제들에 직면할 때마다 해법을 찾기가 쉽지 않다. 상대적 격차 때문에 쓸데없이 에너지를 소진하기보다는 빈곤과 풍요 사이의 '절대격차'를 몰아내는 것에 에너지를 집중해야 하는 것이 나을 것이다. 차차 빈곤을 개선해 나가면서 풍요를 향해 나가는 모습이야말로 불평등의 격차도 줄여주는 제대로 된 비법일 수 있다. 오랜 세월을 거쳐 치열한 경쟁 끝에 풍요로운 세상을 이룩해온 발자취를 보면 경쟁이 치열할수록 질서는 공정했고, 격차는 오히려 줄었다는 것을 확인하게 된다. 과거 240년 전의 경제학자도 이미 그 사실을 갈파하고 이런 이야기를 했다고 한다.

'오늘날의 근면하고 절약하는 농부들이 옛날 유럽의 왕족보다 더 많은 편의를 누린다. 농부들이 누리는 편의는 벌거벗은 야만인 수만 명의 목숨과 자유를 좌지우지하는 아프리카의 절대왕 보다 낫다'는 것이다. 가난해도 격차만 없으면 된다는 어리석음을 몰아내는 길은 편의와 만족이 풍요로부터 시작되어, 더 큰 풍요로 말미암아 왕족과 절대왕보다 나아질 수 있다는 비밀을 깨닫는 것에서 완성될지 모르겠다.

다섯 개나 있는 우리 동네 골목 빵집은 경쟁과 격차를 돌아 풍요를 향해 순항 중이다. 덕분에 그 골목에 사는 소비자들이 왕처럼 맛있는 빵을 즐기는 호사를 누릴 수 있게 되었다는 사실은 이제 더 이상 비밀이 아니다.

자유가 숨 쉬는 한,
꿈의 행진은 계속되리라

김소미 / 용화여고 교사, 교육학 박사

요즘 어린애들이 가지고 노는 '오뚝이' 장난감을 예전에는 '부도옹(不倒翁)'이라고 불렀다. 아닐 부(不), 엎어질 도(倒), 어르신 옹(翁)으로 '넘어지지 않는 할아버지'라는 뜻이다. 수염 달린 정겨운 웃는 얼굴의 할아버지가 오뚝오뚝 일어서는 모습을 보며, 아이들은 넘어져도 다시 일어나는 방법을 배운다. 60여 년 전 우리들의 아버지, 어머니의 모습이 꼭 그러했듯 말이다.

반찬이라고는 간장 종지 하나, 쌀밥이라고는 구경도 못했던

1950년대. 보릿고개가 닥치면 나무를 캐고 껍질을 벗겨 먹기 일쑤였다. 전쟁으로 산업 기반마저 완전히 무너져 아무것도 남은 게 없었던 남은 자들의 삶, 깡통을 펴서 지붕을 만들고, 폐지를 모아 움집을 만들어 비바람을 피해야 했다. 국내 생산의 20%에 달하는 원조 양곡이 들어왔으나 턱없이 모자랐다.

배고픔에서 벗어나는 일이야 말로 지상 명령. 돈 벌 기회조차 찾을 수 없었던 청년들은 그렇게 농촌을 떠나 도시로 향했다. 한창 공부해야 할 15살 전후의 나이, 소년 소녀들이 많았다. 1968년 수출 공단이 준공된다는 소식은 이들의 마음에 불을 지폈다. 해마다 50만 명의 인구가 서울 땅에 발을 들였다. 친구의 말과 소문을 듣고 모여든 구로공단 취업자의 수는 1970년대에 들어 7만 명에 이르렀다.

악착 같이 돈을 벌어야 한다는 이들의 노력은 수출로 이어졌고, 수많은 기업들이 생겨났다. 일자리의 환경은 한없이 열악했지만, 한 푼이라도 더 벌어야 한다는 생각에 야근도 마다하지 않았다. 모아둔 월급의 대부분은 고향으로 보냈다. 아들을 도시로 보낸 고향집에서도 가만히 있지 않았다. 쌀을 절약해 모으기 위한 '절미 항아리'가 집집마다 등장했고, 상대적으로 가격이 싼 밀가루를 먹는 '분식 운동'이 대대적으로 펼쳐졌다. 혼식을 장려하기 위해 학교에서는 '도시락 검사'까지 했다.

10년의 모진 세월 그렇게 수출 100억불을 달성하며 '오뚝이'들은 힘차게 일어섰다. 도시는 어느새 만원이 되었고, 뒤늦게 터전을 잡지 못한 이들이 판자 집을 만들며 야산을 가득 채웠다. 1966년 기준 서울 인구 880만 가운데 127만 명, 3분의 1이 무허가 판자촌이었다. 개발의 주역이 된 이들은 서울에 남고, 나머지 '오뚝이'들은 눈물을 머금고 인근의 성남·광주로 터전을 옮겨야 했다. 몇 년 지나지 않아 그곳 역시 저렴한 노동력을 필요로 하는 공업 대단지가 건설되어 '기회의 땅'으로 거듭나게 되었다.

좋은 학교를 다니기 위해, 돈을 잘 버는 직장을 얻기 위해 가문의 명예를 살리기 위해 '경쟁'을 마다하지 않는 것이 '오뚝이'들의 삶이었다. '자립'을 위한 노력 하나하나가 전국 각지에 여러 '도시'를 탄생시켰다.

오뚝이들은 기회가 부족하다고 남을 '탓'하지 않았다. 무엇이든 먼저 발견하고 기회를 잡기 위해 힘썼다. 숨 가쁘게 달려온 십여 년 이들의 뜨거운 에너지가 반 만 년 잠을 자고 있던 이 땅의 '자유'를 깨웠다. 자식을 낳고, 가정을 꾸리다 보니 어느덧 이들 앞에는 '세계'라는 또 다른 '경쟁'의 무대가 펼쳐졌다. '칠전팔기'의 인생살이가 없었다면, 꿈조차 꾸지 못했을 드넓은 세상이 펼쳐졌다.

넘어진 아이들은 힘내라는 어른들의 격려에 아픔을 참고 일어나 달려간다. 어른들은 그 모습이 대견하여 잘했다고 박수를 친다. 어느 누구든지 인생을 살다보면 돌에 걸려 넘어지고 때로는 웅덩이에 빠져 허우적거리기도 한다. 엎어지면 일어서 다시 걸어가고 웅덩이에 빠지면 기어 나와 다시 일어나 걸어가야 하는 것이 인생이다. 고통 없는 '성장'은 없다.

인간사는 세상에서 숱한 도전과 실패가 반복된다. "성공의 진정한 잣대는 24시간 안에 얼마나 많은 실험을 할 수 있느냐이다." "나는 실패하지 않았다. 안 되는 방법 1만 가지를 찾아냈을 뿐이다." 토머스 에디슨의 말처럼 즉, 무수한 '실패'가 허용되는 '자유로움' 속에서 반짝이는 아이디어들이 나온다. 수많은 실패 속에서도 오뚝이들이 일어설 수 있었던 것은 '자유' 덕분이다. 전부가 넘어졌을 때에도 우리는 일어났다. 누군가 시키지 않아도, 넘어져도 다시 일어설 수 있다면 행복한 세상이다. 자유가 숨 쉬는 한 지금도 어딘가에서 화려한 도약을 꿈꾸는 오뚝이들의 행진은 계속 되리라….

버스 안의 자유

황성욱 / 법무법인 에이치스 대표 변호사
자유와통일을향한변호사연대 대변인

나는 여름을 좋아한다. 만물이 푸름을 만개하고 생동감이 넘치는 계절, 무엇보다 바다와 산이 가까운 계절, 에어컨 빵빵 터지는 방 안에 앉아서 수박을 들고 티비를 시청하는 것만큼 행복한 일이 있을까? 그래서 나는 여름을 사랑한다.

하지만 섭씨 30도를 넘나드는 더위가 밤까지 이어질 때면 언제 오나 했던 여름도 싫증이 나기 마련이다. 특히 밖으로 외출했다가 땀에 흠뻑 젖어 들어올 때는 매번 샤워하기도 귀찮다.

작년 여름이었다. 푹푹 찌는 한 낮에 볼 일이 있어 나가려하니 엄두가 안 난다. 아무리 여름양복이라도 넥타이를 맨 옷차림으로는 금방 더위에 지칠 게 분명했다. 차를 가져가자니 워낙 막히는 동네여서 운전하기도 싫고 휘발유 값이 한창일 때라 그것도 아까웠다. 지하철을 타자니 2번을 갈아 타야해서 많이 걸어야 하고, 버스를 타자니 정류장에서 기다리는 게 싫었다. 한참을 고민 끝에 버스를 타기로 했다. 어쨌든 한 번에 가는 버스가 있었고 운만 좋으면 시원한 에어컨 버스 속에서 앉아갈 수 있었기 때문이다.

정류장에서 스마트폰 어플리케이션으로 버스를 검색해보니, 내가 타고자 하는 번호의 버스 2대가 붙어서 오고 있었다. 버스는 보통 일정 간격으로 오는 게 정상이긴 하지만, 신호등에 걸리다 보면 서울시내 교통사정으로 그렇게 안 되는 경우가 있다. 이럴 때 만일 앞에 오는 버스에 사람이 많다면 센스 있게 조금만 더 기다렸다가 뒤에 붙어오는 버스를 타자. 첫 버스보다는 사람이 적을 게 분명하고 원하는 자리에 앉아갈 수도 있다. 희망을 품고 앞의 버스를 떠나보내고 뒤의 버스를 탔다.

기대한 만큼 텅텅 비어있는 버스는 아니었지만, 예상대로(?) 맨 뒷좌석 한 줄이 비어있어 냉큼 창가 옆에 앉았다.

그런데 이게 웬일인가? 얼음장 같은 버스를 기대했는데 예상만큼 시원하지 않았다. 대한민국이 어떤 나라인데 아직도 시내버스에 에어컨을 안 틀고 있나? 순간 짜증을 내면서 좌석 위의 에어컨 송풍구를 쳐다보았다. 이런! 에어컨 송풍구가 닫혀 있었다. 좌석 위의 닫힌 송풍구를 오른쪽으로 돌려 개방을 하니 시원한 에어컨 바람이 머리 위로 쏟아진다. 차가운 냉기가 바로 머리로 쏟아져서 좀 싫긴 했지만, 그래도 에어컨이 나온다는 것은 확인했다.

한참이 지났는데 버스는 그래도 시원해지지 않았다. 오히려 정거장을 지나면서 버스는 더 더워지기 시작했다. 같은 번호의 앞 버스에 붙어 가는 버스라 내리는 사람과 타는 사람이 비슷하여 처음 탔을 때보다 사람이 늘지도 않았는데 이상했다.

의문은 곧 풀렸다.

정거장을 지날 때마다 타는 손님들 중 몇 명이 자리에 앉자마자 머리 위 송풍구를 닫아버렸다. 나는 그 광경을 보고 자연스레 다른 손님들 좌석 위의 송풍구를 살펴보았다. 아니나 다를까 송풍구 대다수가 닫혀 있었다. 머리 위로 쏟아지는 에어컨 바람이 싫어서 한두 명 씩 송풍구를 닫다보니 대다수 송풍구가 닫혀 버린 상황이 된 것이다.

버스 안의 온도는 오르기 시작하여 푹푹 찌기 시작했다. 나는 머리 위는 차가운데 목 아래로는 땀을 뻘뻘 흘리게 되었다. 다른 좌석의 손님들은 나와 달리 머리까지 땀을 뻘뻘 흘리는데도 불구하고 여전히 자기 자리 위의 송풍구를 열지 않는다. 연신 두리번거리면서 왜 이리 덥냐는 식으로 쳐다볼 뿐이었다. 결국 도착하는 내내 찜통 버스에 시달렸다.

우리 모두는 시원한 버스에서 쾌적하게 가고 싶은 자유를 누리고 싶다. 우리가 바라는 자유란 찜통버스에 갈 자유도 아니고 고통스러울 자유도 아니다. 하지만 자기 머리위에 쏟아지는 냉기를 막고 싶은 자유가 다른 사람이 누리고 싶어 하는 쾌적한 버스의 자유를 뺏었을 뿐 아니라 결국 자기 스스로가 바라는 쾌적한 버스의 자유마저 짓밟아버리고 말았다.

이런 상황을 만든 버스 제조회사나 버스 운행회사의 잘못이라고 탓하는 것은 나중에 버스에 내리고 나서 할 수 있는 말일지는 몰라도 당장은 좋은 비판이 아니다. 왜냐하면 우리는 항상 제한된 조건 속에 놓여 있기 때문이다.

무제한의 자유란 없다. 머리 위의 냉기도 막으면서 쾌적한 버스를 탄다면 그보다 좋을 수 없겠지만, 제한적 조건 속에서 모두가 자유를 누리려면 결국 다른 사람의 자유에 대한 배려가 있어야 하지 않을까?

다만 이런 부작용이 있다는 이유로 모든 송풍구를 강제로 열자고 하는 것은 반대다. 찜통버스라 할지라도 우리 모두가 선택권을 가지고 스스로 결정해서 만든 쾌적한 버스만이 진정한 여름 버스이고 자유니까.

급식의 추억

김규태 / 미디어펜 기자

예전엔 밥을 남기는 게 죄였다. 배고픔에 허덕이고 끼니 때우는 것이 가장 큰 걱정거리였기에. 하지만 지금은 밥을 끝까지 다 먹는 게 죄다. 내 몸과 건강에 해가 되기에. 이는 지난 수십 년 사이 우리를 둘러싼 세상이 풍요로워졌음을 입증하는 증거다.

그런데 아이러니한 사실 한 가지가 있다. 이제와선 모든 초중고교에서 아이들에게 무상으로(세금으로 충당하는 것이라 실제로는 공짜가 아니지만) 급식을 먹인다는 점이다. 곳곳에 먹을 것 천지인 세상이 도래했음에도 불구하고.

최근 몇 년 사이 확연히 달라진 풍경이다. 도시락만 있던 시절이나 급식과 도시락이 공존하던 과거를 돌이켜보면 상전벽해다.

1990년대 중후반 중고교를 다닐 땐 어머니가 싸주신 도시락을 먹고 다녔지만, 초등학교 시절에는 내내 급식을 먹었다. 꽤 맛있었던 걸로 기억하고 목요일마다 나오는 특식 또한 정말 좋았다. 음식 먹고 배탈 났던 적은 없던 걸로 기억한다.

내가 다닌 초등학교에서는 급식비 모두 학부모님 돈으로 댔다. 하루에 한 개씩 마시는 우유 값을 포함, 하루에 점심 한 끼 먹는 급식비 모두 학부모들 호주머니에서 나왔다.

특이한 것은 반마다 매일 학부모 세 분씩 나와서 점심시간에 아이들과 담임선생님께 배식을 하고, 학부모도 함께 드셨다는 점이다. 조리실 직원들이 준비한 먹거리를 반별 배식 차에 담아 엘리베이터를 통해 올려 보내면, 어머님들이 받아 끌고 교실로 들어오셨다. 당시에는 맞벌이가 흔치 않던 시절이라 대부분 어머님들이 오셨고 가끔 할머님들이 오시기도 하셨다.

학년별로 4개씩 전교 24개 반 모두, 매일 점심마다 어머님

세 분 씩 수고해주셨다. 어머님들은 한 달에 평균 한번 꼴(1년에 9번 정도)로 학교에 오셔서 배식하고, 아이들과 함께 점심을 드셨다. 당시 우리 학교 급식은 학부모가 모든 비용을 지불하고, 그렇게 해서 나온 급식을 선생님-아이들-학부모 모두가 함께 먹는 시스템이었다.

궁금한 걸 어머니께 여쭤보았다.

"어머니, 맛은 정말 괜찮았던 걸로 기억하는데 당시 급식비는 어땠어요? 집에서 도시락 싸는 거랑 비교해서 비싸지 않았어요?"

"아니, 매번 배식하러 가서 함께 먹을 때마다 느끼곤 했는데 그 가격에 이 정도면 훌륭하다고 느낄 정도였지. 딱 맞는 가격이라고 느꼈어."

"잔반은 많이 남지 않았어요? 저도 그랬지만 아이들이 야채 잘 안 먹고 맨날 먹고 싶은 것만 먹었잖아요."

"기억 안나니? 담임선생님들이 식판 버리기 전에 잔반 검사했던 거 말야. 그래서 아이들이 배식할 때마다 엄마들한테 이랬지. 맛있는 반찬 나오면 많이 주세요 많이 주세요 그러고, 맛없는 반찬(야채) 나오면 제발 조금만 달라 그러고…"

이십 몇 년 전 옛이야기다. 지금은 그 학교가 아이들에게 급식을 어떻게 먹이는지 모르겠다. 다만 내가 경험했던 학교 급식은 학부모가 모든 비용을 지불했고, 학교 자체 조리실에서 만들어진 급식을 담임선생님과 아이들, 배식하는 학부모 모두가 함께 먹는 시스템이었다.

급식비 내는 어머님들이 모든 학급에서 (매일 실시간으로) 급식 모니터링을 했던 메커니즘. 조리실 직원들이 식재료로 장난질을 칠 수 없었던. 그것이 값이든 질이든 말이다. 불과 일이년 전 일어났던 '무상급식 농약급식' 파동과 비교하면 격세지감이다.

이윤이 사라진 사회

송상우 / 보현한의원 원장

이윤 혹은 마진(margin)을 남기는 행위를 적대시한 역사는 깊다. 사농공상이라는 말에서 드러나듯이, 직접 생산하지 않은 재화에 이윤을 붙여서 판매하는 상인은 예로부터 가장 천대받는 직업이자 신분이었다. 사람들은 지금도 상인을 평가할 때 마진을 많이 남기면 부도덕하다고 하고, 최대한 원가에 가깝게 팔면 양심적이라고 한다. 이런 편견 때문에 상인들은 종종 "마진 없이 판다"와 같은 반어법에 가까운 말로 궁색하게 호소하기도 한다.

많은 사람들이 생각하는 것처럼 '이윤'이 과연 해로운 것일까? 정녕 이윤을 많이 남기는 행위가 부도덕하다면, 이윤을 남기지 않는 사회는 지금보다 훨씬 더 좋은 사회일까? 진실로 그러한지 확인해보자. 즉, 정부에 의해 모든 이윤 추구 행위가 금지된 상황을 상상해 보는 것이다.

국내에서 최초로 커피를 수업한 A라는 사람이 있다. A는 외국에서 커피를 수입해 국내에 파는 일을 처음으로 시도하며 수많은 난관에 봉착했다. 우선 다양한 산지의 커피들 중 어느 것이 한국인의 입맛에 맞을지 결정해야 했다. 수입할 나라를 정한 다음엔 어떤 등급의 커피를 얼마만큼 수입할지를 결정해야 했다. 무턱대고 높은 등급의 비싼 커피를 수입하면 그 가격을 지불할 소비자가 드물 것이고, 반대로 저렴하다는 이유로 너무 낮은 등급의 커피를 들여오면 맛이 없어 아무도 찾지 않을 것이기 때문이었다. 주문량을 결정하는 과정도 까다로웠다. 너무 많은 양을 수입하면 재고 관리 비용이 엄청나게 들어가고, 반대로 지나치게 적은 양을 수입하면 그때그때 운송비만 더 들것이기 때문이었다. A는 실패할 가능성을 줄이고자 여러 나라를 다니며 커피를 마셔야 했다. 또 현지 판매자들, 농장주들과 커피 가격을 협상하느라 수년을 보내야 했다.

마침내 수입을 결정하고 판매자와 계약을 맺었다. 그렇게 수입된 커피는 예상보다 큰 성과를 거두었고, A는 이윤을 많이 남겼다.

그런데 문제가 생겼다. 두 번째 수입을 하려던 차에 정부가 이 수입산 커피를 원가 이상으로 판매할 수 없다는 제한규정을 만들어버렸다. 현지에서 구입한 가격에 운송비, 인건비 등 실제로 들어간 비용 외에는 값을 더 받을 수 없게 된 것이다. 이제부터 A는 정부에서 정한 최대금액으로 팔아야 그나마 본전이고, 조금이라도 재고가 남을 경우 적자를 볼 상황에 처했다. 그가 커피를 수입하기까지 들였던 수많은 시간과 노력들, 그리고 커피가 국내 소비자들의 선택을 받지 못했을 경우 등의 보이지 않는 위험에 대한 대가는 전혀 요구할 수 없게 된 것이다. 결국 A는 커피수입계약을 취소해야만 했다. 결과는 판매자와 소비자 모두에게 치명적이었다. 국내에서 단돈 4,000원으로 즐길 수 있었을 커피 한잔은 이제 40만원의 항공권을 구입해서 외국에 나가야만 얻을 수 있는 것이 됐다. A도 원가 이상으로 판매를 못하게 될 줄 진작 알았더라면 애초부터 커피를 수입하는 대신 다른 일을 찾았을 것이다.

이윤을 전혀 남기지 못하게 강제할 경우 이런 상황은 반드시 초래된다. 그럼 이윤을 '적정하게' 남길 정도로만 제한하면 문제가 없을까? 이번에는 원가대비 일정비율의 이윤만 내도록 제한한 상황을 상상해 보자.

B는 인구 10만의 작은 도시에 개원한 산부인과 의사다. 산모가 줄어 유지비용이 많이 들어가는 분만실을 겨우 유지하는 수준이다. 분만을 통해 받을 수 있는 의료 수가가 비용 대비 적자란 이야기도 있을 정도로 상황이 안 좋지만, B의 노력에 최소한 보상은 되는 상태였다. 그러던 어느 날 갑자기 정부에서 모든 의료행위에 대해 원가의 10%이상을 받지 못하는 법을 제정했다. B는 더 이상 분만을 받지 않기로 결정할 수밖에 없었다. 왜 이런 일이 생겼을까?

보통 의료행위의 대가엔-다른 서비스 행위와 마찬가지로-서비스에 들어가는 재료비보다 그것을 제공하는 사람의 인건비와 그가 부담하는 위험이 크게 반영된다. 수술에 쓰이는 주사기와 메스 같은 의료소모품비용과 엑스레이나 수술대와 같은 고정 장비의 리스비용을 전부 고려해도 전체 수술비에서 차지하는 비중은 인건비가 훨씬 크다. 투입되는 재료나 부대시설은 비슷하더라도 난이도와 위험성에 따라 수술비용이 천차만별이 되는 이유다. 하지만 이윤을 10%로 고정해버리면 이렇게 원가를 알 수 없는 부분들은 전부 무시될 수밖에 없다.

작은 상처를 꿰매는 비교적 가벼운 시술이든 분만과 같은 위험도가 높은 의료행위든 똑같이 10%의 이윤만을 붙여야 한다면 어떻게 되겠는가? 세상에 어느 의사가 고난도의 수술을 하려고 하겠는가? 의사들은 어렵고 위험성이 큰 의료행위를 피하려 하고 최대한 부작용이 없으면서 단순한 의료행위만을 하려 들 것이다. 그 결과 필요한 의료행위를 받지 못한 피해는 고스란히 환자에게 돌아간다.

혹자는 분만 같은 위험하고 전문적인 서비스에는 이윤율을 더 올려주면 되지 않느냐고 반문할지 모르겠다. 그러나 이런 문제들은 그런 식으로는 해결이 안 된다. 분만에 이윤율을 20%로 올려주면 문제가 해결될까? 50%는? 70%는? 그것도 적다면 차라리 한 100%를 인정하면 어떨까? 그건 또 너무 많은가? 더구나 이런 식으로 이윤율을 차별화 하는 것은 애초에 이윤율을 10%로 제한한 본래의 취지를 무색하게 한다.

설사 차별화에 합의하더라도 그 수많은 재화와 서비스마다 각각에 상응하는 구체적인 이윤율을 누가 무엇을 기준으로 어떻게 정할 것인가의 문제가 또 남는다. 여기까지 오면 다수결을 통한 합의는 거의 불가능해진다. 아무도 자신의 일에 주어진 이윤율을 받아들이지 않을 것이기 때문이다. 결국 국가가 나서서 모든 것을 결정하고 통제하는 방식으로 접근할 수밖에 없다.

이윤을 적대시하는 많은 사람들이 공공재를 선호하는 것도 여기서 비롯된다. 누군가가 많은 이윤을 남기는 것은 용납할 수 없지만, 이윤을 허용하지 않으면 일절 재화나 서비스가 생산되지 않는다는 점도 그들은 안다. 따라서 이윤을 남길 필요가 없는 정부가 나서서 공급하도록 하는 편이 이롭다는 결론에 이른다. 이들에게는 '정부'라는 존재야말로 이윤을 최소한으로 남기면서 생산해낼 유일한 대안이기 때문이다. 정부가 모든 생산을 통제하고 지시하는 사회주의가 사람들을 현혹시킬 수 있었던 것도 바로 이 점이었다.

하지만 정부는 대안이 못 된다. 공공재는 특유의 비효율성으로 인해 이윤을 남기려는 사적 재화보다 더 비싸고 질이 떨어질 수밖에 없다. 이윤을 남길 필요가 없다면 비용을 줄일 이유도 없기 때문이다. 종종 동일한 조건에서 공공재가 더 질이 좋거나 가격이 싸다는 착시가 나타나는데 이는 공공재의 생산에 투입된 세금을 무시하기 때문에 생기는 현상이다. 결정적으로 모든 경제를 조직화-공공재화-하려는 시도였던, 다시 말해 모든 재화에 적정 이윤을 매기려 했던 사회주의의 실패는 이런 사실을 경험적으로 증명한다.

그럼 "도대체 얼마만큼의 이윤이 적당할까? 이윤을 자유롭게 붙이도록 내버려두면 폭리를 취하는 사람이 생기지 않을까?" 하는 염려가 생길 수도 있을 것이다.

아쉽게도 어떤 재화에 얼마만큼을 이윤을 남기게 하는 것이 가장 바람직한지는 결코 미리 알 수 없다. 답은 시장만이 알고 있다. 즉, 시장에서 동일한 재화를 판매하는 수많은 판매자와 그것을 구매하려는 수많은 소비자 사이의 치열한 경쟁을 통해서만 이 비율이 적정하게 도출된다. 또 이러한 경쟁 덕분에 일반적 우려와 달리 판매자가 폭리를 취할 일 또한 발생하지 않는다. 물론 어떤 재화나 서비스가 초기에 시장에 나왔을 때는 일시적으로 높은 이윤을 거둘 수도 있다. 그러나 이것은 자신이 제공할 무언가가 팔릴 거란 보장이 없는 위험한 상황에서 용감하게 시장에 뛰어든 데 대한 보상이기도 하다. 초창기 폭리로 보이는 것들도 시간이 조금만 지나면 차츰 몰려드는 경쟁자들로 인해 취할 수 있는 이윤은 점점 낮아지게 된다. 단, 이것은 정부가 경쟁에 개입해서 새로운 판매자가 등장하는 것을 막거나 특정 판매자를 우대하지 않았을 경우에만

통하는 시장원리다.

이윤이 사라진 사회는 죽은 사회와 같다. 거기서는 아무런 재화나 서비스도 생산되지 않기 때문이다. 이윤을 인위적으로 통제하려는 시도 역시 생산을 줄이는 결과를 낳는다. 생산량의 감소는 곧 생활수준의 하락을 의미한다. 이윤을 추구하는 것 외엔 그 어떤 방법으로도 충분한 생산을 이끌어낼 수 없기에, 이윤에 대한 적대감이 커질수록 우리는 가난해질 것이다.

자유주의는 이윤을 둘러싼 오해와 편견에서 벗어날 길을 알려준다. 우리가 자유주의를 공부해야 하는 또 하나의 이유다.

정답은 내 마음속에

조우현 / 자유경제원 연구원

'깝친다'는 표현이 있다. '깝죽거리다'의 잘못된 표현으로, 인터넷에서 흔히 쓰이는 말이다. 자기 분수에 맞지 않게 까불거나 잘난 체 한다는 뜻이다. 나 역시 '깝쳤다'는 표현 말고는 도무지 설명이 안 되는 흑역사가 있는데 대학생 때의 일이다.

한때 진로를 아나운서로 설정해놓고, 아무도 제안하지 않았지만 스스로를 공중파 9시 뉴스 메인 앵커감이라 규정했던 적이 있다. 그리고 이 '깝침'은 얼마 지나지 않아 움츠러들고 말았는데, 아나운서 시험장이 아닌 아나운서 아카데미에서

1차로 그렇게 됐다. 어설프고 부족했지만 카메라 앞에 서는 게 재미있었다. 카메라 속 내 모습도 나쁘지 않다고 착각했다. 하지만 현실은 냉혹했다. 내가 제일 잘하고 내가 제일 예뻤으면 좋겠는데 절대 그런 기적은 일어나지 않았다. 아카데미에 갈 때마다 내 한계를 입증하는 기분이었다.

시험장에서의 허무함은 더했다. 비슷한 의상, 똑같은 화장, 거기서 거기인 뉴스 낭독. 이 중에 합격하는 사람은 누구일까, 내가 될 수 있을까, 라는 고민은 둘째 치고, 비슷한 몇 천 명을 지켜보는 심사위원들이 지루하겠다는 생각이 들었다. 또 심사위원을 지루하지 않게 만드는 사람이 합격하는 것일 텐데 결과적으로 난 아니었다. 늘 불합격이었기 때문이다.

몇 번의 불합격 통지를 받자 다른 사람을 원망하기 시작했다. 표적은 아카데미였다. 왜 선생님은 내가 상담하러 갔을 때 넌 아니라고 말해주지 않았을까, 먼저 얘기했다면 포기하고 다른 길을 찾았을 텐데, 더군다나 기초반이 끝나고 심화반까지 듣게 했잖아, 돈만 벌면 다인 건가, 정말 너무하다, 그때 나한테 쌍꺼풀 수술도 권했지, 너무해 너무해 너무해! 참으로 어리석은 생각의 향연이었다.

넌 아니라고 공식적으로 이야기 할 수 있는 사람은 심사위원밖에 없다. 많은 사람이 등록해야 이득인 아카데미에 심사위원 정도의 심층적인 판단을 기대하는 것은 무리다. '당신의 꿈을 이루어드릴 수 있도록 최선을 다한다'는 말도 틀린 건 아니지만, 이윤창출이 목표이기 때문이다. 그러니 내 발로 찾아가 자발적으로 등록한 아카데미를 탓하는 건 하등 도움이 안 되는 바보 같은 생각이다. 선택은 전적으로 내 책임이다.

남 탓은 일시적으로 편할 수 있지만 거기까지다. 아무런 도움이 안 된다. 스스로 부딪히고 깨닫고 개척해 나가는 것이 중요하다. '어른들이 미안하다'며 청년보조금을 지원해주겠다는 것에 혹하면 안 된다. 그것은 청년을 나약한 존재로 인식하는 나쁜 제도다. 내가 번 돈을 내가 쓰는 것이 가장 효율적이다. 고단할지언정 내 노력으로 번 돈이 소중한 이유다.

그러니 굴하지 말자. 동네방네 소문내고 다녔는데 창피해서 어쩌지, 나는 루저야, 라고 생각하면 정말 '루저'가 된다. 반대로 최선을 다했으니 더 이상 후회는 없다, 다른 길을 찾아보자고 생각하면 그때부터 새로운 세상이 열린다. 보조금도 필요 없다. 무엇보다 마음이 덜 괴롭다. 그러니 마음을 굳건하게 먹어야 한다. 어떤 일에도 굴하지 않는 용기는 나쁜 일도 좋은 일로 만들 수 있는 '마법'이 된다.

어떤 일에도 굴하지 않을 용기

그 후 어떻게 됐을까. 아나운서가 되진 못했지만 카메라 앞에 서게 됐다. 공중파도, 종편도 아닌 '자유TV'다. 남들 보기엔 별 것 아닌 것처럼 보이겠지만 단언컨대 나는 지상파 아나운서보다 행복하다. 방송을 통해 하고픈 이야기를 마음껏 할 수 있기 때문이다. 자유TV는 자유경제원에서 운영하는 유튜브 채널이다.

어떤 사람들은 자유TV와 자유경제원을 '나쁜 곳' 쯤으로 인식하기도 한다. "자유민주주의와 시장경제 체제를 수호하는 싱크탱크"라고 설명해도 못 알아 듣거나 탐탁지 않아 하는 것 같다. 이런 현상에 대해 우리 동료들끼리는 자유시장경제를 불신하는 反대한민국 세력과의 싸움이라고 정의 내렸다.

자유주의 시장경제는 어렵거나 나쁜 게 아니다. 개인의 자유를 보장하고, 경쟁을 허용하며, 그 속에서 누구라도 승자가 될 수 있다는 철학을 담은 사상이다. 이토록 건전한 가치를 '탐욕' '이기주의' '타락한 세상'으로 폄훼하는 것은 잘못된 것이다. 그리고 이런 오해와 맞서 올바른 사상을 전파하는 것이 자유경제원의 역할이고 내 일이다.

그 일을 ‘방송’을 통해 한다. 서툴고 어설프지만 그 옛날 꿈꾸며 배웠던 것을 십분 활용한다. 재미있다. 하고픈 일을 함과 동시에 가치 있는 사상을 전파할 수 있다는 것은 무지막지한 행운이다. 행운이라는 확신은 내가 믿고 있는 신념, 사상에서 나온다.

올바른 사상을 가지고 있는 사람은 늘 의연하다. 어디에서 무엇을 하든 행복할 수 있다. 그 힘은 ‘자유’에서 나온다. 개인이 자유로워야 대한민국이 행복할 수 있다. 올바른 사상을 가진 개인이 모여 잘 사는 나라를 만드는 것이다. 이것을 온 국민에게 알리는 것이 자유경제원의 사명이다.

한때엔 터무니없는 긍정은 안하느니만 못하다고 투덜거리고, 걱정이 많았다. 하지만 이제는 아니다. 언제 어디서든 굴하지 않고 살아갈 용기가 생겼다. 이처럼 각자 열심히 사는 우리들로 인해 세상은 나아진다. 올바른 마음가짐을 가진 개인이 모여 잘 사는 나라를 만드는 것이다.

그러니 좋은 것도 나쁜 것도 정해진 것이 없다. 주어진 것에 최선을 다하고 어떤 일에도 당당할 용기만 있다면 언제든 당당할 수 있다. 다 마음먹기에 달렸다. 그것이 자유다.

우리는 경쟁한다, 고로 존재한다

김연주 / 자유경제원 연구원

'운명'이 뭐죠? 먹는건가요

프로바둑기사 이세돌과 인공지능 '알파고'의 대국이 전 세계의 뜨거운 관심을 받았다. AI의 승리냐 인간의 승리냐를 두고 갑론을박이 펼쳐졌지만 이것의 본질은 인간과 인공지능의 대결이 아닌 새로운 세계로 도약하기 위한 인류 역사의 한 장면일 뿐이라는 데 있다. 오늘날 우리가 당연하게 여기는 수많은 것들이 과거 시점에선 AI가 우리를 놀라게 한 것 이상으로 불가능의 영역에 있는 것으로 받아들여졌다.

인류는 '더 멀리, 더 높이, 더 자유롭게….'항상 진보된 무언가를 꿈꿨다. 그러나 신화 속에서 조차 자유는 쉽게 허락되지 않았다. 어렵게 얻은 이카로스의 날개는 뜨거운 태양아래 보잘 것 없이 녹아내렸고 반짝했던 자유의 상징은 에게 해(Aegean Sea)에 떨어져 버렸다. 흔히들 이 이야기의 교훈은 '인간의 과욕은 파멸을 부른다'에 있다고 주장할지 모른다. 하지만 실패로 끝난 이카로스의 이야기는 땅에서 뿐만 아니라 하늘에서의 자유를 꿈꾸는 누군가의 마음에 불을 질렀다. 실패를 반복하기를 수천 년. 인류는 모두가 불가능하고 말했던 운명을 극복하고 스스로의 힘으로 날개를 만들었다. 실패는 더 큰 열망을 낳았을 뿐 자유를 향한 의지를 꺾지 못했던 것이다. 이제 우리는 스스로 만든 날개로 이 별의 땅이라면 어느 곳이든 하루 만에 밟아볼 수 있다.

이렇게 인류의 역사는 빈곤과 결핍으로부터의 탈출이고, 자유를 향한 격렬한 몸부림이었다. 더 좋은 집터, 더 좋은 식량에 대한 욕망은 점점 커져서 더 나은 영토와 자원, 무역항에 대한 욕망으로 확대 됐고 그것들을 차지하고 지켜내기 위한 전쟁과 평화의 역사를 써왔다. 물론 생동하고 소멸하는 격변의 시간 속에서 마주한 현실의 한계는 이카로스의 날개를 태워버린 태양만큼이나 가혹했다. 만약 그 가혹함을 능가하는 '자유와 번영', '더 나은 삶'을 향한 인류의 강렬한 의지가 없었더라면 우리의 역사드라마는 조기종영 됐을 것이다. 알파고를 만든 허사비스도 마찬가지다. 그는 4번의 승리가 아닌 1번의 패배를 기억할 것이다. 그리고 단1번도 인간에게 승리를 허락하지 않는, 우리 스스로의 한계를 극복할 '더' 완벽한 인공지능 개발을 꿈꿀 것이다.

우리는 경쟁한다, 고로 존재한다

'더 나은 삶에서'에서 우리가 주목해야 할 것은 바로 '더'라는 표현에 있다. '더'는 비교 할 때만 존재할 수 있다. 그 비교의 대상이 타자인가 또는 어제의 나인가의 문제는 그 다음이다. 많은 사람들이 경쟁은 피곤하다고 말한다. 현대인은 무한경쟁, 승자독식의 자본주의 사회에서 인간다움을 잃고 피폐한 삶을 살아가는 가여운 존재라고 했다. 또 누군가는 모두가 함께 일구고 똑같이 나눠 갖는 공동체의 삶이 아름답다고 했다. 서점가에는 '도시를 떠나라, 느림의 아름다움, 대한민국 도대체 왜 이러나' 따위의 문구가 넘쳐났다. '나는 이렇게 사는 게 좋다. 나는 이렇게 산다' 류의 책을 비판하고 싶은 것이 아니니 논외로 치자. 그러나 '모든 사회의 문제는 경쟁밖에 모르는 자본주의 구조에 있고 때문에 우리는 대안적 삶에, 자본주의가 아닌 제3의 삶에 희망을 걸어야한다.'고 말하는 책들은 의도했든 의도치 않았든 그 이면에서 무책임을 쏟아 내거나 또 다른 전체주의를 이야기하고 있었다.

경제학자 토드 부크홀츠(T.Buchholz)는 제3의 가면을 쓰고 나오는 반(反)자본주의와 반(反)경쟁에 대한 모든 책이 세상에 쏟아져 나올 때 일찍이 주장했다. "우리는 경쟁한다, 고로 존재한다" 고. 종(種)의 생존은 어떤 극악한 환경의 변화 앞에서도 적응할 수 있느냐에 달렸다. 적응하지 못한다면 제3의 선택은 없다. 살아남거나 도태되어 영원히 세상에서 사라지거나 둘 중 하나다. 뼈와 살을 깎는 고통뿐만 아니라 DNA까지 바꿔가며 생명의 줄을 이어가는 모든 진화의 순간이 경쟁이다. 타종과의 경쟁이고 스스로와의 경쟁이다. 세상에 존재하는 모든 것이 경쟁한다. 경쟁하지 않는 종은 살아남을 수 없다. 그런데 어찌하여 인간만의, 그것도 현대 자본주의 시대에 살고 있는 인간의 경쟁만이 극히 부자연스럽고 부당한 것이란 말인가. 이것이야 말로 인간 오만(午慢)의 극치다.

오만한 인간들은 도덕과 감정을 내세워 대중을 선동했다. 더러운 자본주의 체제 아래에서 경쟁할 필요가 없다고. 모든 사람은 평등해야 한다고. 본인을 신이라고 착각한 자들은 치밀한 계획으로 이 세상을 자신들만의 천국으로 만들고자했다. 그렇게 세계대전이 일어났다. 인류 역사상 그 어떤 시대보다 번영을 이루었지만 아이러니하게도 그 어떤 시대 보다 더 많은 인류를 말살했다. 약속했던 에덴은 없었다. 그렇게 우리는 수천만의 생명을 잃었다. 그들이 약속했던 비정한 경쟁 없는 아름다운 세상, 그것은 사막 한가운데 일렁이는 신기루와 같다. 목마른 이들의 마음을 보기 좋게 흔들지만 실제로는 물 한 방울 존재하지 않는 허상.

신기루가 진짜 위험한 이유는 따로 있다. 애초에 사막을 건너는 여행자의 물주머니가 가득 차 있다면 어렵게 가짜 오아시스를 찾아 모험할 필요도 없겠지만 혹시나 해서 발길을 돌린 오아시스가 가짜더라도 욕 한번 뱉으면 그뿐 큰 문제는 없다. 내 주머니에 진짜 물이 있으니까. 그러나 반대로 궁지에 몰린 사람일수록 신기루를 향해 타는 목마름으로 달려가기 마련이다. 결과는 치명적이다. 그 자리에 아무것도 존재하지 않는다는 것을 깨달았을 때는 그에게는 회생의 기회가 남아 있지 않을 것이기 때문이다. 빈주머니에서는 생명이 나오지 않는다.

경쟁이 없는 곳은 편안하다. 하지만 그뿐이다. 전체주의자들이 교묘히 꾸며낸 '평등'으로 포장된 세상, 나누고 공유하는 삶이 위험한 이유는 가장 궁지에 몰린 사람들을 선동하고 현혹시켜 종국에는 아무것도 존재하지 않는 허망한 곳에서 죽음에 이르게 한다는 것을 기억해야 한다.

자유, 인류의 꺼지지 않는 횃불

인류가 오늘날까지 생존해 온 원동력은 앞뒤가 다른 '도덕성'덕분도, 알량한 '감성'덕분도 아니다. 우리는 '더 나은 삶'을 위해, '자유'를 위해 종의 생존을 걸고 치열하게 '경쟁'해 왔다. 그렇기에 '경쟁은 성스러운 것'이다. 이런 경쟁을 부정하고 왜곡하는 무리는 경쟁과 인류역사의 발자취에 몰이해하거나 전체주의의 부활을 꿈꾸는 불온한 세력, 둘 중 하나다.

경쟁에 대한 극단적 부정은 경쟁을 좋아하고 싫어하는 수준의 단순 기호의 문제가 아닌 것이다. 한낱 신기루에 불과한 세상으로 순진한 이들을 이끄는 자들은 그 죄가 더욱 무겁다. 그곳에는 생명이 자랄 수 없다. 가짜 평등은 모두를 빈곤과 죽음에 빠뜨리는 덫이다.

우리는 스스로에게 질문을 던져야 한다. '왜 인간만이 더 나은 삶을 꿈꾸고 그것을 현실화할 수 있는 특권을 가졌는가?' 바로 '자유'다. '자유'야 말로 인류가 생과 사를 반복하면서 경쟁 끝에 얻고자 했던 궁극의 이상이기 때문이다. 그리고 우리는 기억해야 한다. '경쟁은 자유의 횃불을 지키기 위한 생명의 기름' 이라는 것을. 기름 없는 횃불은 더 이상 타오를 수 없다. 경쟁 없는 사회에선 자유와 번영도 없다.

'나'는 '우리'보다 중요하다

현진권 / 자유경제원 원장

한 인간이 태어나서, 스스로 독립하는 데는 많은 시간이 걸린다. 우선 화장실을 혼자 힘으로 가리는데도 3-4년 정도 걸리고, 신체적으로 완전히 독립하기 까지 10여년이 걸린다. 이후 정신적으로 혼란의 시기를 겪는다. 먹을 것만 있으면 행복했던 어린 시절이 가고, 중고등학교 시기가 되면, 자신의 정체성에 대한 고민이 시작된다. 이를 '사춘기'라 하는데, 괜히 우울하고 깊은 생각에 빠진다. 한 인간이 성장하는데 있어서 사춘기 과정은 중요하며, 이 시절의 처절함 수준에 따라 인간의 성숙도는 달라진다.

사춘기 이후에도, 점차로 개인을 떠나서 사회 및 국가에 대한 관심도 높아진다. 어느 정도 시간이 지나면, 세상 이치에 대한 나름대로의 해석과 주장을 가지게 된다. 성인이 될 무렵이면, 개인과 사회에 대한 나름대로의 진단과 옳은 방향에 대한 주관적 판단이 생기게 된다. 우리는 이를 간단히, '이념' '사상' '철학' 등으로 표현한다. 인간이 독립한다는 것은 물리적 요소도 있지만, 그보다 중요한 것은 정신적 요소이며, 곧 이념, 사상, 철학이다.

우리는 흔히 이념을 나쁘게 생각하는 경향이 있다. 그래서 이념 편향적이란 부정적인 용어를 사용한다. 누구나 자신 만의 이념을 갖는 것은 당연한 것이고, 독립된 인간의 필수요소이지만, 이념 중립적인 사람을 좋은 사람으로 여긴다. 그만큼 주관적으로 뚜렷한 가치기준을 가지는 것을 옳지 않게 여기고, 주관적 가치 판단 없이 주어진 환경에 맞추어 탄력적으로 변화하는 사람을 바람직하게 여긴다. 이는 잘못된 것이다. 이러한 잘못된 인식이 사람들로 하여금 옳은 생각을 위한 개인적 지적노력을 막게 된다. 그래서 전 세계적으로 책을 읽지 않는 국민이란 오명을 낳았는지 모른다. 이념은 편향되어야 한다. 그것이 사상과 철학을 가진 사람이고, 중립적 이념을 가진 사람이란 기회주의적 인간의 또 다른 표현일 뿐이다.

개인들이 가지는 이념 혹은 사상은 크게 두 가지 범주로 나눌 수 있다. 세상에서 가장 중요한 가치의 단위를 어디에 두느냐이다. 개인과 집단 중에서 어느 쪽에 가치를 두느냐에 따라 사상은 완전히 달라진다. 좀 더 쉽게 표현하면, '나'와 '우리' 중에서 어느 쪽에 가치를 두는가이다. 우리 사회에선 '나'보다는 '우리'를 훨씬 높은 가치로 여기는 경향이 있다. '나'를 강조하면, 이기적 인간으로 여기고 부정적으로 묘사한다. 반면 '우리'를 중요한 가치로 여기면, 따뜻한 마음씨를 가진 이타적 인간으로 높이 평가한다. '나' 즉 개인을 강조하면, 이를 뒷받침하는 가치는 '자유'다. 자유의 기초단위는 개인이며, 절대 집단의 자유란 없다. 반면 '우리' 즉 집단을 강조할 땐 '평등'의 가치가 최우선이다. 기본적으로 평등은 두 사람 이상인 집단에 적용되는 개념이며, 개인에겐 평등이란 말을 쓸 수 없다. 자유의 가치를 중요시하는 사회체제가 '자유주의' 국가인 반면, 평등가치는 '사회주의'국가다. 과거 20세기에는 전 세계가 자유주의와 사회주의라는 두개 진영으로 나뉘었고, 서로 대화하지 않고 적대시하였다.

자유주의와 사회주의 체제의 궁극적인 목표는 같다. 국민을 잘 살게 하는 것이다. 같은 목표이지만, 이를 달성하는 수단이 달랐다. 자유주의 체제는 개인의 자유를 허용하면, 자생적으로 발전할 수 있다는 믿음이다. 반면 사회주의 체제는 개인 자유를 억제함으로써 보다 높은 이상을 전체 집단에서 실천할 수 있다는 논리다. 즉 필요한 만큼 골고루 나누어서 모든 사람이 행복한 사회라는 이상을 현실로 만들 수 있다는 것이다. 그렇게 100여년 시간이 지나면서, 20세기 말부터 서서히 체제 경쟁의 결과가 나타났다. 동독과 러시아가 미국 같은 자유주의 진영의 공격을 받은 게 아닌, 스스로 붕괴됨으로써 사회주의 체제는 존재할 기반이 없음을 역사적으로 증명하였다.

사실 지난 세기 동안에 많은 지식인들은 사회주의 체제에 매력을 느꼈다. 그래서 지식인일수록 좌파적 사고가 유행하였다. '나'보다 '우리'를 더 중요하게 여기는 이념에는 나를 희생하면서 까지 집단을 위해 희생하는 선구자적인 자부심을 주기 때문이다. 나를 희생하면서 '우리'를 잘 살게 한다는 믿음은 마치 기독교의 예수 삶으로 착각하게끔 해서, 젊은 사람일수록 그 사상에 빠질 수밖에 없었다. 그러나 이런 인간의 지적 실수로 인해 인류의 반은 절대빈곤의 고통을 겪어야 했다.

'우리'보다 '나'를 중요시 한 자유주의 사상이 우월한 체제가 된 이유는 개인에 자유만 주어지면, 개인은 스스로 열심히 일할 수 있는 환경 혹은 유인을 주기 때문이다. 사람보다 모두 얼굴형태가 다르듯, 본인이 원하는 바는 모두 다르다. 집단을 중시하면, 개인의 자유를 허용할 수 없고, 집단이 한단위로 움직여야 하기 때문에 개인의 자유를 침해당하는 것은 필연적이다. 그래서 사회주의 국가에선 개인선택을 원천적으로 차단하기 위해 내 것에 대한 인간본성을 바꾸기 위해 사적 소유권을 인정하지 않았다. 개인 자유가 중요한 이유는 노력의 대가로 주어진 소득과 부에 대한 소유권을 인정해 주기 때문이다. 즉 내 것이 존재하기 때문에 내가 마음껏 일할 유인이 생긴다.

자유는 여러 가지 형태가 있다. 일반적으로 신체적 자유를 많이 생각하지만, 정치적 자유, 생각의 자유 등 실로 많은 것이 있다. 그러나 우리가 자유를 얘기할 때, '경제자유'의 중요성에 대해선 별로 인식이 없는 경향이 있다. 경제자유는 마치 강자를 위한 논리인양 오도되는 경향이 있다. 이는 잘못된 인식이다. 자유에서 가장 소중한 자유는 '경제자유'다. 경제자유는 추상적인 의미인데, 이를 좀 더 구체적인 형태로 표현하면,

'소유권'이다. 자기 것에 대한 권리를 인정해 주는 것이다. 정치적 자유가 아무리 있다고 해도, 경제적 자유가 없다는 것은 소유권이 없음을 의미한다. 아무리 많은 신체적 및 정치적 자유가 있어도, 자기 것에 대한 권리를 인정하지 못하는 체제에선 열심히 노력할 유인이 없다.

오늘날 자유주의 진영국가는 사회주의 국가보다 경제적으로 더 잘산다. 이는 개인 자유가 결국은 집단의 번영으로 연결됨을 의미한다. 거꾸로 집단번영을 우선하게 되면, 개인자유를 침해하게 되고, 결과적으로 집단은 못살게 된다.

지난 세기를 거치면서, 자유주의 사상의 소중함을 체제경쟁을 통해서 역사적으로 증명되었다. 이제 과거 많은 사회주의 국가들도 자유주의적 요소를 받아들이고 있다. 체제 경쟁에서 우월한 자유주의 사상이지만, 아직도 반자유주의적 사고가 많이 팽배해 있다. 사회주의적 사고는 여전히 대중들에 친화적이고 선동하는 힘을 가진다. 인류가 백여 년을 거치면서, 얻었던 체험이지만, 여전히 '우리'가 '나'보다 중요하다는 사상은 여러 가지 형태의 용어와 변형된 이념 형태로 우리 주위를 맴돌고 있다. 사상에서 가장 조심해야 하는 것은 중도의 개념이다. 자유주의와 사회주의를 양극단으로 몰아서, 두 체제의 좋은 제도만을 채택하는 제3의 길을 얘기하기도 한다. 그러나 사상의 영역에선 중도의 길, 제3의 길이란 존재하지 않는다. 이는 '나'와 '우리'를 합하면, '우리'가 되는 것과 같은 논리다. 자유주의와 사회주의를 합하거나, 일부 주관적으로 좋은 면만을 받아들여도 결국은 '우리' 사상의 또 다른 변종일 뿐이다. 그래서 자유주의 사상은 결코 사회주의 사상과 조화롭게 어울릴 수 없는 사상이기 때문에 지키기가 더 어렵다. 이는 감성영역을 벗어나, 지적인 판단력을 요구하기 때문이다. 사람들은 하루하루 버겁게 살아가느라, 이념 및 사상에 대해 깊이 생각할 여유가 없다. 그래서 아직도 유령처럼, '우리'를 강조하는 사상과 정책이 대중적 지지를 가지고, '나'라는 자유사상의 위대함을 모르고 있다.

한 국가가 잘살고 못사는 것은 조상들의 유산에 의한 것이 아니고, 그 시대의 사상에 의해 결정된다. 조선말에 조선이 세계에서 가장 못사는 국가였던 이유는 개인의 자유를 바탕으로 한 사익 추구하는 행위를 소인배의 행위로 여겼기 때문이다. '사농공상'에서처럼 상업을 통한 사익추구는 시장잡배나 짐승 같은 천한 인간의 행위로 보았다. 이런 사상으로는 그 국가가 절대 잘 살수 없다. 반면 전 세계의 최고 부강한 국가였던 영국의 사상은 1776년의 아담 스미스의 국부론이란 책에서 잘 나타나 있다. 즉 사익이 세상을 발전시키는 에너지며, 공익이 된다는 사상이다. 이런 사상의 차이가 조선을 가장 못 사는 국가로 만들었고, 영국의 최강국가로 만들었다. 사상은 절대 관념적인 지적 유희의 대상이 아니고, 우리의 경제생활 수준을 결정하는 심각함과 절박감이 배여 있다.

이제 한국도 선진국으로 진입해야하지만, 사상 및 이념에서 자유주의 사상이 제대로 전파되지 못하고 있다. 반만년 역사를 가졌지만, 자유주의 체제를 도입한 1948년 이후로 가장 잘 사는 나라로 성장했지만, 이를 가능하게 한 자유주의 사상의 중요성을 국민들은 인식하지 못하고 있다. 오히려 사회주의 체제를 접목함으로써 전 세계의 가장 빈민국인 북한을 추종하는 희한한 현상들이 여러 곳에서 보여준다. 우리도 선진국으로 가기 위해선, 가장 필요한 것은 국민들이 자유주의 사상으로 무장해서, 감성적으로 바이러스처럼 침투하는 '우리'를 앞세운 사상에 저항하는 것이다.

자유주의 틀 깨기 옆집 할머니께 들려드리는 자유주의

펴낸날 초판 1쇄 2016년 8월 26일

엮은이 윤서인·복거일
펴낸이 김광숙
펴낸곳 백년동안
출판등록 2014년 3월 25일 제406-2014-000031호

주소 경기도 파주시 광인사길 30
전화 031-941-8988
팩스 070-8884-8988
이메일 on100years@gmail.com

ISBN 979-11-86061-51-0 03800

※ 값은 뒤표지에 있습니다.
※ 잘못 만들어진 책은 구입하신 서점에서 바꾸어 드립니다.

이 도서의 국립중앙도서관 출판시도서목록(CIP)은 서지정보유통지원시스템 홈페이지(http://seoji.nl.go.kr)와 국가자료공동목록시스템(http://www.nl.go.kr/kolisnet)에서 이용하실 수 있습니다.(CIP제어번호: CIP2016022379)